【エルナト】
【森の精霊】
【アリーシャ】
【ユノ】
登場人物
Character
Seiryoku ga Maryoku ni Henkansareru Sekai ni Tensei shimashita.

【シャーラ】
【リディア】
【リデル】
【ゴードン】
【ルイス】

「うん、だっていい匂いするよ？」
アリーシャは不意に近づき
俺の首元を嗅いでいる。

精力が魔力に変換される世界に転生しました

Seiryoku ga Maryoku ni Henkansareru Sekai ni Tensei shimashita.

1

CONTENTS

ノクスノベルス

プロローグ

「すみません先輩、店側の手違いで席が一つ足らないんすよ」

は？

「それは詰めても入れないの？」

「やー、それがそんなに広い店でもないんすわ……」

申し訳なさそうにする後輩が嘘を言っているようには見えないので本当にそうなんだろう。

「なるほどね」

ああ、またこのパターンか。

「つまり僕はお店に入れないし新人の歓迎会にも参加できない、そういうことだね？」

「そういうことっす。先輩のそういう物分かりが良いところ俺は好きっすよ」

男に好きとか言われても困る。俺は女の子が好きだ。

「最初は俺が抜けるって言ったんすけど、部長が同年代の俺がいた方が良いって言うんで」

部長の野郎、お前の方が俺より年上なんだからお前が抜けろよ。

「まあアラフォーの僕が相手するよりは会社に馴染みやすくなるかもね。部長が言うこともも っともだ」

「そうなんすよ、それに先輩は童貞だから女の子との距離感が摑《つか》めないじゃないすかー」

アラフォーだからって理由で無理矢理自分を納得させようとしているのに、こいつは何故《なぜ》わざわざ俺が童貞であることを引き合いに出して傷を抉《えぐ》ってくるのだ。

俺が好きなんじゃなかったのかよ。

「あはは、いいよ、十年ぶりに入った女の子だし会社としても大切にしたいもんね」

童貞の話題には触れないからな。

アラフォーで童貞だという話は広げてほしくないんだよ。察してくれ。

「そうなんすよ！　それに新人ちゃん、結構巨乳だし可愛いじゃないっすか、だから童貞の先輩じゃ刺激が強すぎて隣に座っただけで勃起しちゃいますもんね！」

歯に衣を着せろ、法廷で争いたいのか。

童貞の話題をあえて流したのだから、わざわざ引っ張ってくるなよ。

それ以上広げたらお前の肛門を拡げてやるからな。

「いや流石《さすが》にそれはないけど――」

「おーい、もう始めるぞー！　幹事なんだから早く戻ってこい！」

「やべ、部長が呼んでる。ということなんで先輩、新人ちゃんは俺に任せておいてください！」

後輩はそう言うと店の中へ戻っていった。

会社に新しく入った女の子の歓迎会。

この歓迎会、生まれてこの方、女性との縁らしい縁もないままアラフォーを迎えてしまった俺は、久々に女性との縁ができると楽しみにしていた。

だがまさか歓迎会に参加することすら許されないとは思いもしなかったぞ。

いや、そんな予感は薄々していたのだ。

俺はどういうわけか女運が悪い……というよりも女縁がない。

昔から女の子とお近づきになろうとすると、何かしらの邪魔が入ってその願いは叶わなくなる。

それは不運なんてものではなく、呪いでもかかっているのではないかと、そんなオカルトなことを真剣に疑うほどだ。

例えば幼稚園児時代。した覚えのないスカート捲《めく》りの罪を問われて先生に叱られ、女子たちからヘンタイマンという園児らしい可愛らしく不名誉なあだ名を付けられ避けられるようになってしまった。

小学生時代には河原にあったエロ本をみんなで探しに行くも、何故か俺だけがクラスの女子に目撃されてクラスのさらし者になった。

中学時代には色気づき、女子との接し方を改めようと紳士的に接した。

しかしそのせいで男にだけ砕けた態度をとることから男色家だと勘違いされたらしく、バレンタインデーには誰にホモチョコをあげるのかと腐った女子に話しかけられるようになり、その腐った女子があることないことを女子グループでひろめたことにより疑いは確信に変えられ、女子が俺を男として見ることはなくなっていた。

そして高校時代。そんな偶然があってたまるかというピタゴラスなスイッチが連続し、良い感じになっていたあの子はイケメンに……やめよう、高校のことは思い出してはいけない。

「はぁ……」

携帯を取り出し、暗い夜道をとぼとぼとした足取りで家路につく。

大丈夫、大丈夫だ。三次元の女がなんだ。

俺には二次元があるのだ。

飲み代が浮いた分を課金に回して新しい彼女をゲットすればいいじゃないか。

現実の女性に関してはあきらめの境地にある俺は、気持ちを切り替えて携帯を操作しながら家路についた。


地元の駅に着く頃には俺の携帯には最高レアリティの彼女が三人増えていた。

神様っているんだな。

家についたらビールを飲みながら新しい彼女のレベル上げをしよう。

新しい彼女の歓迎会だ！

「――だろ！」

そんな浮かれた気分は野太い男の叫び声により一瞬で霧散する。

「だから知らないって言っているじゃないですか！」

自宅マンションの前で、見知らぬ二人が言い争いをしていたのだ。

「浮気相手を出せって言ってるんだよ！」

「知りませんよ！　帰ってください！」

浮気か。穏やかじゃないな。

これから二次元の彼女たちと楽しもうとしているのに、妙なところで水を差してくれる。

さすなら仲直りセックスでもして挿《さ》し合ってろよ。

「お前が本当のことを言うまでは帰らないからな！　家の灯《あか》りがついていたんだ、男が家に来ているのはわかっているんだからな！」

「それは妹が遊びに来ているからです！　そもそもあなたと私は付き合ってないでしょ！」

近所に住む人たちも、この騒ぎを聞きつけ遠巻きに見ている。

もう玄関ホールは目の前だというのに、これでは自宅に入れないではないか。

「付き合ってない？　じゃあどうして俺に色目をつかったんだよ！」

「もうお願いだから帰ってください、警察を呼びますよ！」

痴話喧嘩《げんか》という訳ではなさそうだが、それ以上に面倒な状況であることはわかった。

察するに黒い衣服で身を包んだ激昂《げっこう》している男が、あの女性に付きまとうストーカーといったところか。

それが正しいかはわからないが、あながち間違いでもないだろう。

「警察だぁ？　またお前は別の男の話をするのかよ……ああ呼んでこいよ、浮気相手は警官だろうが何だろうが、みんなぶっ殺してやるからな！」

「なんでそんな――」

あっ、これは触れてはいけない人だ。

触らぬ神に祟りなしと言うし、ここは余計な首を突っ込まずに大人しく家に帰りたい。

しかし二人が言い争いをしているのはマンションの玄関ホールであった。

オートロックのため家に帰るには二人を無視しては帰れず、どうしても帰りたければ祟《たた》りに触るしかない状況である。

だがこういう時は妙な正義感を出して自分で何とかするよりも、一度離れて警察に通報するのが賢い選択だろう。

まったく、今日は厄日と吉日が目まぐるしく入れ替わるな。

まあいいや、警察が現れたら殺すと言っていたことも伝え、念のためパトランプは消し、サイレンも鳴らさないで来てもらうよう頼むとしようか。

男は警察署に連れ去られ、そして俺は新しい彼女たちとの安らぎのひと時を堪能する。

よし、それでいこう。

そう思い、一度引き返そうとすると、男と言い争いをしていた女性と目が合ってしまう。

「あ……」

おい、普段はマンション内ですれ違っても挨拶すら返さないくせに、何故今は声を出す。

そんなことをすれば俺がここにいると男にばれるじゃないか。

「ん……？」

女性の不自然な挙動に気づいた男が振り向き、次は男と見つめ合う形となる。

嫌な予感がするぞ。

「……誰だお前は」

お前こそ誰だ。

いや、ストーカー男の素性なんぞに俺は興味ない。

あるのは新しい彼女たちの性能だ。

お前には警察が興味津々だろうから洗いざらい話してこい。

ちなみに取り調べの際に食べれるかつ丼は自腹だって話だから気をつけろよ。

「……お前が浮気相手か」

「は!?」

俺に心が浮つく女性がいるわけないだろ。

喧嘩売ってんのか、こいつ。

「お前が浮気相手なんだな！」

断定しやがった。

ふざけるのも大概にしろ、名も知らぬ女性と浮気が出来るならば俺はとうに童貞など捨てているわ。

「あ、いや、違いますよ！」

頭には来るが刺激しないように下手に出よう。

如何《いか》にもな奴だ、何をしでかすかわからない。

「その人は関係ないの、お願いだからその人に手を出さないで！」

これこれ、誤解を招くような言い方はおやめなさい。

その言い方だと、さも関係がありますと言っているようなものではないか。

「やっぱりそうなんだな、この野郎！」

ほら誤解したよ。

「ち、違いますよ！　僕はただこのマンションに住んでる——」

「同棲……しているのか……」

「いやいやいやいやいや！」

いやいやいやいやいや。

どうしたらそうなるんだよ。ここまで人の話を聞かない奴は初めてだな。

「馬鹿にしやがって馬鹿にしやがって馬鹿にしやがってッ！」

や、馬鹿にするまでもなく、お前本当に馬鹿だからな？

俺は童貞、お前は馬鹿でストーカー。

それはお互い自覚して生きていこうぜ？

「話を聞いてください、僕は一人で暮らしているのでその方とは——」

「合鍵を渡して毎日ヤってるんだろ!!」

男は俺の言葉を遮《さえぎ》り斜め上過ぎる勘違いをし、俺が女性と浮気していることを前提として話を進めている。

さてどうしたものか。

身の潔白《どうてい》を証明するために、政府公認の童貞認可証とかそういった物はないものか。

仮にあってもそんな不名誉な物は破り捨てるがな。

「通りで家に上げてくれないわけだ……」

そらお前がストーカーだからだな。

「携帯の番号もいつの間にか変えられて……」

それもお前がストーキングするからだ。

「ゴミも収集車がくるギリギリに出すようになった……」

さすがにそれはやっちゃ駄目だろ。

超えちゃいけないラインを大幅に超えてるぞ。

「それも……それも……それも、全部お前がたぶらかしていやがったからなんだな！」

あ、もうこの男にこれ以上関わっては駄目だ。

人間でありながら話の通じない相手など獣より質《たち》が悪い。

とにかく一旦逃げ出そう。

「すいませんが僕はこれにて！」

「ああ、待てよ！」

「おわっ⁉」

踵《きびす》を返して逃げ出そうとするが、俺は派手に転倒して玄関ホールのタイルに後頭部を強《したた》かに打ち付けた。

どうやら男に押し倒されてしまったようだ。

目の前で火花が散るなどという生易《なまやさ》しいものではない。

視界は真っ白に染まったまま戻らず、自分が倒れていること以外は何もわからなくなっている。

警察に通報して穏便に済ませようと思っていたがやめだ、この男には熱い灸をすえてやらねば気が済まない。

口で言ってわからん奴は鉄拳制裁だ。

「ひゅ……」

ぶっ飛ばすぞコノヤロー！

そう叫ぼうとしたが口からでたのは空気が漏れる音だけで、立ち上がろうとした体は動かない。

なんだ、胸が熱いぞ。

胸に手を当てようとするが腕が上がらない。

頭が痛むのを堪《こら》えて首を動かし自身の胸を見る。

すると、そこには一本の刃物が深々と突き立てられており、白いシャツは真っ赤に染まっていた。

「はひ……？」


俺、殺されるの？

◇ ◇ ◇ ◇

「んー……」

瞳を差す柔らかな光を感じ、瞼《まぶた》をゆっくりと開く。

いつの間にか眠ってしまっていたのだろうか。

「空が、青い……」

雲一つない良い天気だ。たまには布団でも干そうかな。

あの不審者もいなくなったようだし……。

ん？

確か俺は不審な男に押し倒され、そして胸には深々とナイフを……。

「はっ⁉」

慌てて胸を触るが突き立てられていた刃物はなくなっており、それどころか刺された形跡すらない。

ということは今俺がいるのは病院なのか？

ナース、ナースさんはどこにいる。俺の熟れたナスを頬ばってくれる肉尿瓶のナースさんはどこだ。

「おや」

いや、それよりもなんだこれは。

「なんで俺は裸なんだ……」

何故俺は衣服を何も身につけていないのだろう。

慌てて辺りを見渡すと、草原が地平線まで続いていた。

所々に透き通った水面《みなも》があり、そのどれもが光を反射して輝いている。

その水面には睡蓮の花が浮いており、どこか現実とはかけ離れた雰囲気を漂わせていた。

「ここはどこだ、最近の病院はこんなに豪華なのか」

周囲に人は見当たらない。

はたして患者一人のためにこんな広大な土地を用意するだろうか。

揺れない水面を見ているうちに混乱していた心は穏やかになっていき、落ち着いて物事を考えられるようになってくる。

冷静になった頭で考えれば、ここが病院ではないということはすぐにわかった。

「なるほど……ではこれは夢だな？」

自分が夢を見ているのだと自覚する、いわゆる明晰夢というやつである。

一流のオナニストになると、この明晰夢を利用して毎日性交を楽しんでいると聞く。

ついに俺もその次元まで到達してしまったか。

童貞も極めれば一芸となるのだな。

「さぁて……」

これが俺の夢だというならば、それはすなわち俺の思い描いた通りになる世界。

つまり突然美少女が何人も現れて俺を取り合うのも、恋人のように一人の女性と甘い時間を楽しむのも自由自在、そういうことだ。

まずはそうだな、たれ目で巨乳の女子大学生を召喚しようか。

その子は田舎から上京してきたが方言となまりが強すぎて上手く喋れず友達ができずにホームシックにかかっていた。しかし自分の喋り方を笑わず普通に接してくれる俺にほのかな恋心を抱いていて……という設定で行こう。

完璧だ。これなら自然な流れでイチャイチャできる。

「目覚めたか」

早速来た。

後ろから聞こえた声に反応し嬉々《きき》として振り返る。

だがそこには一人の老人が立っていた。

「チェンジでお願いします」

おかしい、女子大生が現れるはずなのに何故老人が立っているのだ。

夢に見てしまうほどの老人フェチで、深層心理では老人を性的な目で見ているとかは認めたくないぞ。

俺は心の底から女性が好きだ。恐らくまだ明晰夢の扱いに慣れていないため、誤って老人を呼び出してしまったのだろう。

それを証明するためにもう一度挑戦しよう。

と、その前にこの老人には消えていただきたいのだが。

次の子を召喚するにしても、この老人に見られながらイチャイチャするのはプレイの方向性が変わってきてしまう。

「あの、いつまでいらっしゃるのでしょうか」

初めてを他人に見られるのはたとえ夢でも恥ずかしい。

早いところ消えてくれ。

「これで何回目か覚えているか？」

何で素直に消えずに食い下がってくるのだ。

何回も何も俺は童貞だ、一回もしたことはない。

いいから早く消えてくれ。

夢とはいえ童貞を捨てるチャンスなのだ、ぐずぐずしていると俺が起きてしまうかもしれないじゃないか。

「大事な初めてなので大人しくチェンジしてもらってもよろしいでしょうか」

夢の中であっても初めてはピュアな感じで済ませたいのだ。

当然相手も処女で、お互い慣れないながらも愛を確かめ合うようにまったりと行うのが理想である。

「はぁ……」

深いため息をつく老人。

ため息を吐きたいのは全裸で老人の前に立たされている俺の方だ。

「助けるべきか迷うな」

「助ける……？　それはどういう……はっ!?」

夢だと思っていたが、まさかこれは現実なのか？

俺は現実世界で老人に全裸をさらしているのか？

「や、違うんです、僕が服を着ていないのには訳が……」

「そんなことはわかっている」

俺が服を着ていない理由が？

それとも服の置き場所が？

どちらであっても怖いんだけど。

なんて冗談だ。この状況に至って俺の衣服の場所を知っていて、術後の状態を知っているのだ、そりゃ医者しかいないだろ。

「わかっているということは、もしや」

「うむ、やっと気づいたか」

やはり医者か。

ということは胸の傷も、この人が治してくれたのだろうか。

普通なら死んでいてもおかしくない怪我だったと思うのだが、傷跡もなく綺麗なものだ。それだけこの医者の技量が優れているということなのだろうな。

仲の良い友人の加藤君が、以前ブラジルに留学した際ゴッドハンドと呼ばれる医者と出会ったという眉唾《まゆつば》な話をしていたのを思い出す。

その老人はメスなどを使わず、肌の上から筋肉の内部や臓器に触れて治療するのだという。

普通の医者が匙《さじ》を投げるような病気も、ゴッドハンドに頼めばたちどころに良くなるのだと加藤君は言っていたが……もしやこの老人がそうなのかもしれない。

だが加藤君が治してもらったのは、リフティングをしている時になったという肉離れだったはず。

俺の様に刃物を突き立てられた者まで完治させることができるならば、それこそ本当に神の手だ。

しかしこの老人、日本人には見えないので念のため名を聞いておこうか。

「あの、お名前を伺《うかが》ってもよろしいでしょうか」

「神だ」

……カミか。

珍しい名前だがサッカーブラジル代表にいても違和感の無い名前ではあるな。

ということは、やはりこの人がゴッドハンドか。

本当にいるんだな。

疑ってごめんよ加藤君。

「珍しいお名前ですね、ブラジルでは一般的な名前なのでしょうか」

「いや漢字で神だ」

日本人なの？

あっ、帰化して日本名にしたということか。

それならばブラジルの医者が日本にいるというのも辻褄《つじつま》が合うな。

「漢字はどのような？」。

「しめすへんに、申すと書く」

しめすへんに申すは……神か。

「他におぬしたちの世界の別言語ではＧＯＤと呼ばれている」

「はぁ…」

英語になると名前が変わるのか？

でもそれって固有名詞ではなく普通名詞で、つまり……。

「か、神様ですか？　いやいや冗談は止めてください。確かに貴方《あなた》に助けられなければ死んでいたかもしれないですから、神様だと言われればその通りなんですが」

さすがに自分で言うのはどうかと思うぞ。

「仕方あるまい、死んだ時のことを思い出させてやる」

神を名乗る老人がそう言うと、突然視界に青いシートのような物が映る。

「これがおぬしの死んだ場所の現在だ、思い出せ」

「死んだ場所？」

青いブルーシートが張られているそこは、俺の住んでいるマンションの玄関ホール前であった。

幾人かの警察官と、それに連なる職種の人間であろう制服の人たちが行き来している。

周囲には人だかりができているが声は何も聞こえない。

その中にさっきの女性が泣きながら座っている姿が見えた。

「おぬしが死した後の世界を他者の目から映している。見えるな」

「は？　え？」

俺が死んだ？

そんな馬鹿な話があるか、俺は今まさにこうして生きているではないか。

「まだ信じられぬか？　ではおぬしの死した姿を見るがよい」

ブルーシートの奥に視点が動く。

そこには、柄の黒い刃物が胸に突き立てられたままの俺が倒れていた。

「あれ？」

改めて全裸の自分の胸を触れるがやはり外傷はない。

「今のおぬしは魂だけの存在だ、傷など確認しても残ってはいない」

冗談やドッキリにしては手が込み過ぎている。

まさか本当に俺は。

「僕、本当に死んだのですか？　ここは夢でも、病院でもなく？」

「自身の魂の抜けた体も見ただろうに、おぬしは胸を刺されて死んだのだ」

信じたくはない。

だが俺が見下ろしているのは間違いなく俺だ。

「嘘……ですよね？」

「真実だ」

神と名乗った老人は笑いもせずに言う。

そうか、俺は死んでしまったのか。

童貞のまま訳もわからず、見ず知らずの男に刃物で刺されて殺されて一生を終えたのか。

「……」

なんだよそれ。

「不幸であったな」

他人事のように言ってくれる。

「何で僕が……」

認めよう。

薄々は気付いていたのだ。

そう、俺は胸を刃物で突き刺され、そして死んだのだ。

恋人を作るという目標を達成することも、童貞を捨てるという夢を果たすこともできずに死んでしまったのだ。

全て思い出すことができた。

この老人が神様だということも信じよう、だからこれ以上自分自身の死を突きつけないでくれ。

もう俺の死体を見せないでくれ。

「理解したようだな」

神様が頷くと、世界は柔い光の差す草原に戻り、慌ただしく動いていた人々は消える。

「あぁ……」

思えば不運な人生だったな。

俺の一生とはいったい何だったのだろう。

「そう落ち込むな、この死はおぬしの責任ではないのだ」

そんなこと言われなくてもわかっている。

それでも他人の痴話喧嘩に巻き込まれて死ぬなんて、そんなのあんまりだろ。

「おぬしの死の原因は明確だ――」

出血性ショック死か失血死かなんて細かい違いはわからないが、とにかく刺殺されたんだろ。

狂ったストーカーに包丁で刺されて死んだんだよ。

もう認めるから何度も思い出させないでくれ。

「――これは邪神の仕業だ」

「はい……は？」

何言ってんだ、こいつ。

「それはどういう意味でしょうか……」

「そのままの意味だ。おぬしは邪神によって呪いをかけられているのだ」

「申し訳ありませんが何を言っているのかさっぱりです」

邪神？

そんなものゲームか漫画でしか見たことないぞ。

「何らかの理由で邪神に目をつけられ、不幸になる呪いをかけられていた。それだけではない、おぬしは繰り返し何度も転生を繰り返し不幸な人生をおくらされていたのだ」

「不幸になる呪いに、何度も転生って……あはは、そんな馬鹿な」

弱くてニューゲームとか辛すぎるでしょ。

「笑っている場合ではない、おぬしはこれまでに邪神によって十二回も転生させられているのだぞ」

「十二回も転生した？」

一週間でするオナニーの回数ではなく？

「そうだ、都合四百年にもなる」

「四百年？　全部不幸？」

冗談にしては笑えないぞ。

だいたいどうして俺がそんな目にあわないといけないのだ。

だが待てよ……不幸になる呪いと言えば、思い当たる節はいくつもあるぞ。

幼少から続く女性絡みの運のなさなどが最たる例じゃないか。

「あのー質問なんですが、もしやストーカーに殺されたのが邪神のせいだということでしょうか……」

「そう言っているつもりだが」

やー、確かに呪いでもかけられているのではと疑うような人生だったが、本当に呪われていたのかぁ。

と、そんな話が簡単に信じられるか。

「でもそんなことを急に言われてもいまいちピンとこないですね」

死んだことは認めるが、邪神とか言われてもな。

「そうか、だがそれが真実だ」

嘘くさい話だとは思うが思い当たる節があるのも確かだ。

「ではいくつか質問を」

「構わん」

「例えば歓迎会に参加できず、可愛い新人ちゃんとお話しできなかったのも邪神の仕業ですか？」

「そうだ」

ほう……。

「僕が異性と良い雰囲気になると決まって何かしらの不幸が起きて逃げられたのも……？」

「邪神の呪いだ」

「キスはおろか、手も繋《つな》げず、女性に触れることなく四十代をむかえてしまったのも？」

「邪神の呪いだ」

まさか、おいまさか……。

「じゃ、じゃあ俺が今まで童貞だったのも⁉」

「全て邪神の呪いだ」

「邪ッ神コノヤロォー！」

「そう猛《たけ》るな、落ち着け」

これが猛らずにいられるか！

ふざけるなよ、俺は自分がモテないことや童貞を捨てられないことをずっと悩んでいたのだぞ。

その原因が邪神の呪いにかけられていたからだ？

そいつはやって良いことと悪いことの区別もつかないのか！

「そいつは、邪神はどこにいるんですか！」

見つけ次第ぶん殴ってやる。

もし女の邪神なら責任を持って童貞を奪ってもらおう。

「相手は邪神だ。一柱《はしら》の神だ。どこにいようとも、おぬしがどうこうできる相手ではない」

「うっ……」

それもそうだな。

「さきほども言ったが、おぬしが死んだ遠因も邪神の呪いだ。女運というものに強く作用する呪いだったがために、おぬしは下らぬ争いに巻き込まれてしまったのだ。おぬしは十二回の人生で何度も同じような死に方をしている。今回は女を間接的に助けようとしたが、一つ前の生の時は直接助けようとして死んでおった。邪神が目をつけるだけの善き魂を持っている」

おや、女神による筆おろしどころか、お前は良き魂《しり》をしているとか何とか言って、男の神に襲われる可能性が出てきたな。

「そこでだ――」

これは、呪いがあるならばその逆もある。おぬしに祝福《チート》を与えよう……そういう流れだな？

状況から察するに、神様は最初からそのつもりで俺の前に現れてくれたのだろう。

きっと邪神に対抗できる特殊能力を与えてくれて、「邪神を倒してこい」、そう言うのだ。

ふふ、その展開は非常に熱いぞ。

「わかっています。邪神を倒すだけの力を授けてくれるのですよね」

「そんなものはない。早とちりするな」

え、ないの。

「ではどうして神様は僕の前に現れたのでしょうか」

「当然おぬしの呪いを解くためだ」

「まだ呪われているのですか？」

「十二回転生したと言っただろうに。このままでは十三回目の人生も、呪いを受けたまま始めなければならなくなるのだぞ」

冗談じゃない。

女性に縛られるプレイに興味はあるが、人生そのものを縛りプレイで始めるのは勘弁願いたい。

「あっ、でも神様ならば僕にかけられた呪いが解けるのですよね」

今そう言ったもんな。

嘘でした、とか言うなよ。

「そうだ。だがそれにはおぬしの承諾《しょうだく》が必要となる」

「神様が承諾を求めるのですか？」

神様なんだし邪神のように有無を言わさず何とでもできそうなものだが。

「うむ、便宜上、神と名乗ったが、わしはおぬしの世界の神ではないゆえ、他世界の住人であるおぬしに干渉するには承諾が必要なのだ」

なるほど、神様も万能ではないということか。

しかし他にも世界ってあるんだな。

「呪いを解いてもらえるならば承諾も何もありません、望むところです」

「そうか、だがちと面倒でな――」

なんだ、嫌な予感がしてきたぞ。

呪いを解くためにはおぬしの尻穴に、わしの解呪棒を挿し込まなければならないのだ……とかなんとか言って、俺の尻を狙っているのではなかろうな。

だとしたら俺が全裸なのもそのためで、この隠れる場所もないだだっ広い空間で老人と追いかけっこをして、濃いかけっこをすると？

さてはお前も邪神だな？

「――おぬしの魂をこの世界とは異なる世界、わしの管理する世界へと移さねばならぬのだ」

異なる世界……つまりそれは異世界か。

いいぞ、なんだかよくわからんがその展開は面白そうだ。

「それはいわゆるファンタジーな世界のことでしょうか」

「うむ、先ほどまでおぬしがいた世界とは、常識も原理原則も隔絶した全くの別世界だ。その認識で間違いはない」

それは森でオークに襲われている姫騎士がいるのが常識の、剣と魔法の世界ということでよろしいか？

想像しろ。そんな世界に魂を移された自分を妄想するのだ。

――森の中、どういう理屈かわからないが他種族を一発で孕《はら》ませるという凶悪な子種を持つオークが、姫騎士とかいう姫なのか騎士なのか位《くらい》のはっきりしない美女の鎧を脱がして襲っている。

聖剣などという何でもバターの様に切り飛ばすが、何故か鞘にはストンと収まる物騒な剣に認められた俺がそこへ颯爽《さっそう》と現れ、オークの極悪種付け棒が姫騎士に挿入されようかという瞬間に救いだす。

そしてその夜、不器用《どうてい》なため女性との接し方に不慣れな俺は姫騎士に素っ気ない態度をとるのだが、姫騎士の猛烈なアタックに押し切られてしまい、ベッドの上で抱きしめ合い、俺の股間の性剣は姫騎士を鞘と認めて童貞を卒業する――。

これからそんな世界に俺の魂は移されるのだ……最高かよ。

「最高かよ……」

「む？」

おっと、思わず声が出てしまった。

しかし神様はそんなシコい世界へ俺の魂を送ってくださるというのか。

本当に神様だな。

「さあ、いつでも異世界へと僕を移してくださいませ。心と体の準備はできております」

いかんぞ、さっきの妄想のせいで本当に体の準備《ぼっき》が整ってしまいそうだ。

こっちは全裸なのだ、神様の前でそれはまずいだろ。

「そう急《せ》くな。最後まで話を聞け」

まぁそうだな。

話は最後まで聞くべきだった。

これで俺の魂はオークに宿るとか言われたら……それはそれでありな気もするな。

「その世界におぬしの魂を転生させただけでは呪いは解けぬ。双方の世界におぬしの魂の移管を認めさせねばならぬのだ」

何やら小難しい話になってきたな。

つまり戸籍を移すということか？

「認めてもらうには何か手続きが必要なのでしょうか」

「手続きなどはない。単純な話だ、おぬしはそこで子をなせばいい」

「いぃいやります！　喜んでやらせていただきます！」

「えらく興奮しておるの……」

異世界に転生できる上に呪いを解く方法が子作りなのだ、興奮しないほうがどうかしている。

百人は子を作って百回分は認めさせてやろうじゃないか。

こんなうまい話は滅多にない。この機会を逃してなるものか。

……ん？

美味い話？

そうだ、もしかして俺は騙《だま》されているのではないか？

童貞の俺が異世界に転生して子供を作れば呪いは解かれるなんて、あまりにも話が出来過ぎている。

これは童貞の心の隙間を突いた一種の詐欺かもしれない。

だが神様が俺みたいな呪われた童貞野郎を騙す理由はなんだ。

ただの人間《どうてい》を騙して異世界の神様が何を得られるのだろう。

仮に神様の言う、「子をなせば解呪できる」という話が本当だとしても、気になることがいくつかある。

念のため、まずはそれを確認しておくとしよう。

「まぁよい、承諾は得たのだ。始めさせてもらうとしよう」

「ちょ、ちょっと待ってください！」

「む？　どうかしたのか」

「あの、そもそも異世界に行っても邪神の呪いで子作りなんてできないのではないでしょうか」

異世界に行けるというのは魅力的だが、転生しても童貞が捨てられないのならばこの世界と何も変わらない。

右手との恋人歴が更新されるだけだ。

「ふふ」

こっちは真剣に聞いているのに何笑ってんだよ。

「安心しろ、邪神の呪いはこの世界でしか効力を発揮しないものだ」

「そうなんですか？」

「ただし、転生したからといってその呪いが解けたわけではない。おぬしの魂は未だこの世界に呪いによって繋がっているのだ。異なる世界に行こうとも、そこで子をなさずに死してしまえば再びこの世界に引き戻され、間断のない責め苦が続く無間地獄のような人生が始まるだろう」

無間地獄って、俺の今までの人生全否定かよ。

女性と接点がなくって童貞だったというだけで、それ以外はそれなりに楽しかったんだから、そんな言い方をするな。

「なるほど」

だが子作りできないとゲームオーバーだというのは理解した。

いや、ゲームで譬《たと》えられるほど気楽な話ではなくなってきたな。

どうやら騙されているというわけでもなさそうだ。

まあ俺を騙したところでこの神様が何か得をするとも思えないし、それはそうだろう。

「あの、転生をすることに異論はないのですが、その前にあと一つだけいいでしょうか」

「なんだ」

「ただの人間でしかない僕をどうして別世界の神様が救ってくださるのですか？」

おぬしの尻が欲しいからだ、とか言われたらどうしよう。

とりあえず友人の加藤君を勧めておくか。彼なら何とかしてくれるだろう。

それでも俺の尻がいいと執着する姿勢を見せるならばその時はやむを得ん、気は進まないが掘《や》られる前に掘《や》ってやる。

「無論わしのためだ」

「神様のため……ですか」

自分が気持ち良くなるためだとか言うなよ。

できれば俺だって掘《や》りたくはないのだ。俺を騙して、掘れ掘れ詐欺にかけようなどと考えているなら勘弁してくれ。

「そうだ、おぬしがわしの世界で子をなすことが何よりの助けとなるのだ。だが今はその真意は教えることはできぬ、許せ」

俺が子を作ることが神様のためになるとはどういう意味だ。

まさか俺の子作りをビデオ撮影して他の神様に販売……いやそんな狡《ずる》い真似を神様がするわけがない。

俺の死にざまを見ることができたのだ、覗きなんてし放題なはずである。

それに今は言えないということはいつかは教えてくれるのだろう。

「わかりました……ありがとうございます」

不安がないと言えば嘘になるが、不安よりも期待が勝《まさ》っている。

異世界で幸せを掴むチャンスが与えられたのだ。不幸な人生を繰り返すよりも断然良いに決まっている。

「覚悟はできました。僕を異世界へ転生させてください」

「うむ、それでは行ってまいれ。新しき生を受けるおぬしに世界の『祝福』があらんことを――」

異世界への転生か……不安は残るが、今度こそ女性に恵まれた幸せな人生を送ってやるぞ。

やがて暗闇の中に一筋の光を見つける。

その光が俺を包み込んだところで完全に意識は途絶えた。

【第一章】リアル赤ちゃんプレイ

しばらくは意識が宙を彷徨《さまよ》っている様な、自分が自分でない不明瞭な感覚が続いた。自己を認識し、眠りから覚めるように目を開くと白い柔らかな光が視界に広がっていく。

俺はもう生まれ変わったのだろうか。それとも神様と話していた時の様に魂のままなのか。

どういうわけか前世の記憶が残っている。神様の話だと十二回転生しているらしいが、その時の記憶は欠片《かけら》もない。今回は邪神ではなく神様主導のもとに行われた転生だ。特別に残してくれたのだろうか。

それともまだ俺は転生をしておらず、俺は魂のままどこかにいるのかもしれない。

もし記憶を引き継いだまま転生できたというならば、それはおあつらえ向きな話である。前世の経験と知識を有効に活用し、今度こそ童貞を卒業してみせようではないか。

だがそれも生まれた世界の文明レベルによって難易度は変わってくる。

神様は前世とは異なる世界に転生させると言っていた。

俺が転生した世界がどういう時代にあり、どういう場所であるかをまずは把握しなければならないだろう。

どこに生まれようとも、生まれたからには生きてやろうという覚悟もあれば、どんな環境であろうと童貞を卒業してみせるという気概もある。

とはいえ期待半分、不安半分なのが正直なところではある。

例えばここが原始時代、或《ある》いはそれよりも以前の文明レベルであった場合、俺の前世の知識が通用するとは思えない。既存の文明に依存した生活を送ってきたしがないサラリーマンの経験など何の役にも立たないだろう。

それに異世界なのだ、人間として生まれるとも限らない。もしかしたら体が植物でできているツリーマンで、花粉でしか繁殖できない種族ということもあるはずだ。

それでもやれるだけのことはやり、ヤレるだけヤリまくろう。

折角、邪神の呪いが及ばない世界に転生したのだ。形はどうあれ今度こそ童貞を捨ててやろうじゃないか。

「あなた、ユノが目を開きましたよ！　見て、この可愛い目を」

誰だ。

女性の浮かれているような声がするぞ。

転生は済んでいて、俺はもう生まれ変わっているのか。

「こちらを見ているが、目は見えるものなのか？」

記憶を引き継いだままのようだが……だとしたら最高だ。経験と知識をフル活用して最高のスタートダッシュを決め、早々に脱童貞してやる。

「ユノ」

転生したということは俺はまだ赤子のはずである。

この会話をしているのが両親だろうか。

「私がお母さんよ、ユノ。わかる？」

正解だった。

初めましてお母さん。

ではもう一人の男の声が父親か。

「ユノは俺を見ているが、それでは俺を母親だと勘違いしてしまうのではないか？」

そんなわけないだろ。

父親はちょっと抜けているのかもしれないな。

「そんなわけないでしょ。仮にそう思っても大きくなればすぐにわかるわよ」

「そ、そうか」

「ユノ、あなたが今見ているのはお父さんよ、間違っておっぱいを吸っちゃだめよ？」

母親も大概だな。

おっぱいは好きだが雄《お》っぱいには微塵《みじん》の興味もない。絶対に間違えないので安心していただきたい。

仮に誤って吸ってしまったら嚙《か》み千切ってやる……いや、歯がないので程良い刺激を与えるだけになってしまい、父さんが癖になってしまっても困るな。

「……」

目を開いているつもりではあるが、視界には淡い光しか映らず顔をはっきりとは確認することができない。

赤子と言うのは視力が弱いものなのかもしれない。声もうっすらと届く程度で、意識して聴こうとしないと途切れ途切れになってしまう。

しかし二人が会話をしていることは理解できた。

二人が使っている言語は聞いたことのない言葉だったが、脳内では日本語として処理されている。不思議な感覚だ。

これは神様の粋なはからいというやつだろうか。

やっぱ神様って神様なんだな。

「あーあ」

わかってはいたことだが、喋ろうにもそれは敵《かな》わず喘《あえ》ぎだけが口から漏れる。

「あなたユノが喋ったわ！　まだ生まれて二週間よ、それなのに喋るなんてこの子は天才よ！」

「今のは喋ったと言うのか？」

喋ったつもりです。

喘いだだけで天才扱いというのはなんだか申し訳ない気持ちになってしまうな。

「生まれた時は静かな子だから心配だったけど、やっぱりこの子は普通の子とは違うの。ユノは間違いなく天才よ」

「天才って……いやそうか、そうだな。賢い子なのは喜ばしいことだな」

いいえ、前世の記憶はありますがそれほど賢くはありませんよ。

それはそうとして、前世では物心がつく頃には両親は亡く、親というものに縁がなかったのでどう接していいかわからない。

これが前世の記憶を引き継いでいない無垢《むく》な子供のままであったなら、何も考えずに甘えられたのだろうか。

前世の記憶があることでいきなり躓《つまず》きを感じるとは、中々皮肉のきいた始まりではないか。

「私の可愛いユノ」

体が宙に浮かぶような感覚は、寝かされていたベッドから俺は抱き上げられたのだろう。

「まだユノの首は座っていない、気を付けるんだリディア」

母さんの名前はリディアか。

そして先ほどから「ユノ」と呼ばれているようだが、俺の名はユノという名前なのか。

赤の他人であるはずの二人が俺の名を呼ぶ度、親近感などと言う言葉では到底足りない、もっと深い親しみを感じる。

これが肉親に感じる愛情。略して肉愛か……いや、そんないやらしそうなものではないな。

「ねぇ見て、目も可愛いけれどこの鼻筋なんてあなたそっくり。きっと将来は凜々《りり》しい顔立ちになるわね」

「この子の口元はリディアの唇にそっくりだ。こんな美しい唇から出る声は、さぞ世の女性たちを惑わし虜《とりこ》にすることだろうな」

二人の会話から察するに自分は男性なのだろうとわかった。大勝利である。

少なくとも、これで童貞を捨てるという目標は維持できるからな。

「それにしてもユノはいい匂いがするわね……なんだか体が熱くなるような匂い」

「ああ、この匂いを嗅いでいると不思議と庇護欲が高まるのを感じる……リディア」

「リデル……」

え、なんでイチャイチャしようとしてるの。

静かにしてても音と雰囲気でわかるからな。

なんて恐ろしい夫婦なのだ。「二人の赤ちゃんは可愛いね」という流れからでもおっぱじめられるとは、これがリア充の力か。

だがそういう生々しい展開は今後のためになるので耳を澄まして傾聴させていただきたい。

……いただきたいのだが童貞界きっての童貞、童貞の中の帝王、童帝たる俺には、濡れた音が響くのを耳元で聴いているのはあまりにも刺激が強すぎる。

そもそも肉親の色事を見せられるのは本能的に忌避感《きひかん》を覚えているのか、どうにも居心地が悪い。

魂は変わらずとも感情は肉体に引っ張られているようだ。

「ああリデル……」

「リディア……」

「あーっ」

続きはやらせない。

今はもっと俺を構ってくれ。

この子供らしい感情も肉体に感情がひっぱられているからかもしれない。

「また喋ったわ。この子は本当に優秀な子……なによりユノはいい匂いがするのがたまらないの」

父さんとのイチャコラをやめて、我に返った母さんに頭を嗅がれている。

女性にいい匂いがするなどと言われたのはこれが初めてだ。前世では満員電車でもなければ、匂いを嗅がれる距離に女性が踏み込んできたことはなかった。相手が母親でも存外嬉《うれ》しいものである。

「うふふ、癖になる匂いね」

いつまで嗅いでいるつもりなのだろう。

一方的に嗅ぐのは不公平だ。

ここは平等を期するため俺にも胸の香りを嗅がせてくれ。

「ユノの匂いの正体は子供だからか？」

「どうかしら、よそ様の子供からはこんな甘い匂いはしないわ」

自分の匂いなどわからないが、いい匂いがするというのは喜ばしいことだ。

前世とは違い、この匂いで女性を引き寄せてパクっと食虫植物の様に捕食し……と、そんな美味い話があるわけがない。

恐らくこれはフェロモンみたいなもので、親が子を守りたくなるように人体が勝手に放っている匂いなのだろう。

顔のパーツ配置にも愛《いと》しいと思わせる黄金比があり、哺乳類の子供は親に捨てられぬため、親やその他の動物に、可愛いと感じさせる顔の比率で生まれてくると聞いたことがある。

熊や猪などの本来は恐ろしい野生動物でも、子熊やウリボーの頃は可愛く見えるのはそのためだという。

それと同じように、俺も匂いで親の心を摑んでいるのかもしれない。

なんたって異世界だ、何があっても不思議じゃない。

「ずっと嗅いでいたくなる匂いね」

ずっと頭を嗅いでいますもんね。

「もしかして私たちを発情させようとして、こんないい匂いを発しているのかしら」

どうやら母さんの頭の中はお花畑で、花びらが大回転しているようだ。

いくらなんでも子供にそんな特殊能力なんて備わってねーよ。

「そうかわかったぞ、ユノは弟が欲しいんだな」

何もわかっていないよ父さん。仮にほしいとしても、それなら妹だ。

「私ももっと子供が欲しいと思っていたの」

「リディア、ユノの願いを俺たちが叶えてやろう……」

いやいやいや、またおっぱじめちゃったよ。

この二人はどっからでも発情するのか。

それとも両親というのはこういうものなのか?

「あなた……」

「綺麗だよリディア」

はぁ……もういいですよ。

好きにしてください、しまくってください。

そして可愛い妹をたくさんこさえてくださいな。

体が睡眠を欲しているようなので俺はもう眠ります。

寝てる間に可愛い妹をこさえてください。

もし妹ができたら、大きくなっても「にぃに、お風呂一緒に入ろ！」って言わせますから。

そりゃもう溺愛《できあい》してやるんだから。

愛欲に溺れさせてやるんだから。

ではそういうことなので父さん、母さん、おやすみなさい。

妹を作っている間、俺は眠っています。


それじゃあ待っているからね、俺の可愛い妹ちゃん。

【第二章】童貞脱却までの道程

転生してから三年が過ぎた。

過保護な母さんから一人で家から出ることを禁じられているため、俺が一人で行動できる範囲は狭い。

そのため、この三年は非常に退屈なものであった。

出来ることは家の中の散策と読書だけ。

この家は木造建築の二階建てで、シャワー付きの浴槽を有し、食事は一日三回あった。

家の全体的な大きさから生まれた家庭が裕福であると察することができる。

そのためか書斎には大量の本があり、その本に書かれた内容が俺の異世界に関する知識の全てだ。

椅子に乗って膝立ちになり、二階の窓から外を眺める。

土で踏み固められただけの広い畦道《あぜみち》が見え、あの道の先には街がある。

ここが、この国においての田舎なのか都会なのかはわからないが、畦道の両側にひろがる草原を見ていると、どこか懐かしい気持ちになってしまうのは何故だろう。

不思議と心が穏やかになっていく。

これではまるで賢者タイムだ。前世ではコンクリートとアスファルトに囲まれて生きていたせいか、気付けば景色を楽しむことと本を読むことが好きな、老人の様な子供になっていた。

折角異世界に転生したというのに、それを実感するような刺激や経験が足りな過ぎる。母さんが料理をしている時に、手から火の魔術を出すのを初めて見た時こそ刺激的だったが、ガスコンロ程度の火では今一つ迫力に欠ける。

魔術や魔力はこの世界で生活する上で必要不可欠な物で、魔石という石に貯蓄された魔力によってシャワーなどは動き、温水を出す。

そんな不思議アイテムも、前世の電力やガスが魔力にとってかわっただけだと気付けば、慣れてしまい一々驚くこともなくなっていた。それよりも一晩で行われる両親の合体回数が常軌を逸していることの方が、流石は異世界だと興味をひく。

「にぃに」

「うん？」

俺のことを「にぃに」と呼ぶのは、両親の異世界というか異次元な合体回数の先に生まれた、我が家の新しい家族である。

名はルイス。

ルイスは名の通り男であり、弟であり、有ペニス者であり、そして妹ではない。

妹を欲していた俺ではあったが、ルイスが産まれたことを残念がるような気持ちはない。

俺は心のままにルイスの誕生を歓迎しているのだと断言しよう。

妹としてではなく弟として生まれてきたルイスに非などはなく、あるのは邪魔なイチモツだけだ。

可愛ければ弟でも妹のように可愛がってやろうじゃないか。

「……」

ルイスは俺を呼んだが、目が合うと何も語らなくなった。

俺の考えていることがばれて警戒しているのか？

「ルイスもユノと同じで大人しい子ね」

ルイスは今、椅子に座った母さんに抱かれ、豊満な胸を枕代わりにしてしがみついている。

我が母ながら良い乳をしていると思う。

この乳を選んだ父さんの選球《おっぱい》眼は球《おっぱい》界一だな。

ルイスにも呼ばれたし、母さんのおっぱいを眺めながら、ルイスの女の子のような顔を観賞しようか。

「ユノは良い匂いがするわね。近くにいるだけで漂ってくるわ」

母さんがそんなことを言う。

「ルイスは……うん、いい匂いだけど普通ね。どうしてユノだけこんなに良い匂いがするのかしら」

「なぁリディア」

ルイスとおっぱいを眺めていると、父さんが母さんに近づいていく。

どうした、父さんも母さんのおっぱいが気になるのか？

そのお乳は今ルイスが枕代わりにしているのだ。気持ちはわかるが横取りは感心しないぞ。

それに夜になれば飲み放題の揉み放題コースだろうに。

昼間ぐらいは息子に譲り、我慢をしてやってくれ。

「なぁに？」

今の「なぁに」は可愛いな。これには父さんもたまらんと、母さんの乳にむしゃぶりついてしまうのではなかろうか。

「ユノはいつも熱心にルイスを見ているようだが、母親をとられたと思って妬《や》いているのではないのか？　ルイスもそんなユノを不思議そうに見ている。あまり匂いのことを言うのもルイスが嫉妬してしまうかもしれないし、兄弟仲が悪くなってしまわないか心配だ」

なんと、妻のおっぱいを吸いたがっていたのではなく俺たち兄弟の仲を心配してくれていたのか。

さすが一家の大黒柱だ。

片や俺はどうだ。不純なことばかり考えておっぱいに夢中になっていた。

これが脱童貞組と童貞組の違いであり、大きな差なのだな。

俺も将来は一家の大黒柱とならなければいけない宿命にあるのだから、こういうところは素直に学び、股間の大黒柱でもって妻を可愛がってやれるようになろう。

「ふふっ、どうかしら。ユノはいつもルイスの面倒を見てくれているでしょ。きっと可愛い弟から目が離せないのよ」

それは否定しない。なんたって可愛い妹《おとうと》だからな。

「なるほど、庇護欲か。子供でもそういう気持ちが芽生えるものなのだな」

「だってユノは賢い子だもの。言葉を覚えるのも早かったし、着替えだってすぐに一人でできるようになったわ」

申し訳ありません。今はずっと母さんのおっぱいを見ていました。

心中は庇護どころか卑語にまみれていたので心苦しい。

「父さん、僕は書斎に行ってもいいですか？　本を読みたいのですが」

居心地が悪いので本でも読もう。

「ああ、構わないぞ。しかしユノは本当に本が好きだな」

両親は俺の賢さを見て将来を大きく期待してしまっている。

同年代の子供に比べれば賢いかもしれないが、実際は前世の記憶があるだけで特別賢いというわけではない。

しかし賢いというのは将来モテる要素の一つになると思う。

脱童貞レースで豪快なスタートダッシュを決めるため、得られる知識は今のうちにできるだけ吸収しておきたい。

「世界は僕の知らないことで溢《あふ》れています。知らないことを知ることが、僕はとても楽しいんです」

セックスがその最たるものだと思います。早く体で知りたいです。

「そうか……俺の子だというのに大したものだ」

感動体質な父さんが目に涙をためている。

父さんはちょっとしたことで感動し、そして泣く。

夜もよく鳴いているようだが、妹ちゃんはまだですかね。

「ところでリディア、ユノは十分に成長した。そろそろゴードンのところに挨拶に行ったほうがいいのではないか？」

ゴードンとは隣りに住む家族の大黒柱だ。まだ会ったことはない。

「駄目よ。まだユノには早いわ」

「そうは言うがいずれユノも初等学校に通うんだぞ？　その時他人との触れ合い方がわからなければ、苦労するのは我々ではなくユノだ。それではユノが不幸になってしまう」

「それも……そうね」

「ユノ、前にも話したが隣りに住むゴードンの家にはお前と同い年の子がいるんだ。挨拶に行ったら仲良くできるか？」

お隣りに住む俺と同い年の娘さん……つまり幼《おさな》馴染《なじみ》。

そんなの言われなくても仲良くするし、しまくるに決まっている。

だが幼馴染がいるというのに、この三年間で会うことも話すこともなかった。それは母さんがお隣りさんとの接触を拒み、完全にシャットアウトしていたからである。

「僕もお友達が欲しいです。学校には色んなひとが集まるものなんですよね？　でも僕は父さんと母さんとしか話したことがありません。上手にお話ができるか不安です……」

一番の不安は、邪神の呪いがこの世界では効かないのかどうかというのが、実感としてわかないことだ。もしお隣りの娘さんと仲良くなれたなら、それが一つの証明になるのではないかと考えている。

神様を疑うわけではないが、呪いが及ばないことを信じるだけの出来事がなかったのも事実だ。

だから俺が言ったことも欲望を隠した口八丁《くちはっちょう》というわけでもない。

「そうだろうそうだろ。聞いたかリディア、ユノも友達がほしいそうだぞ」

「う……でも……」

母さんが返答に窮している。

どうしてもお隣りの娘さんと俺を会わせたくないようである。

「そろそろ頃合いだろ。ゴードンに掛け合ってみよう」

「仕方ないわね……ユノのためだもの、血の涙を流しても堪えてみせるわ。でもまだ早いわ。私の心の準備ができたらにしましょう」

「心の準備というのはどれぐらいかかりそうなんだ？」

「二百年」

どんだけ嫌なのだ。

でも母さんが嫌がるのは、その子に俺が取られてしまうのではないかと警戒しているからだ。

単純に異性に会わせたくないだけかもしれないが、その子は母さんが警戒するだけの容姿をしている可能性もある。

いったいどんな子なのだろう。

美幼女だったら舐《な》めてやろう。

オークだったら投げてやろう。

「気にするなユノ。リディアはこう言っているが、近いうちに会わせてやるからな」

俺には無邪気さなどなく、邪気しかないが、代わりに大人の余裕がある。女子は自分よりも精神的に成熟した男性に弱いと、色恋マニュアルには書いてあった。

会えた時には前世の知識をフル活用し、紳士的に振る舞って俺なしでは生きていけないほど依存させてやろう。もちろん呪いがなければの話だがな。

「本当ですか？　お隣りさんに会えるのが楽しみです！」

「え？　楽しませないわよ？」

いや、楽しませてよ。母さんは毎晩お楽しみなんだから、たまには俺だって女の子と楽しんだっていいだろ。

「では僕は本を取ってきますね」

ではでもなんでもないが、母さんを説得しても無駄なので今は一旦話を流そう。

「ああ、高いところの本が取りたかったら呼ぶんだぞ」

「はい、その時はお願いします」

「魔術書は駄目よ」

二階には父さんの書斎があり、そこには前世では見たこともない文字で書かれた本が並んでいる。

中には魔術書もあるそうなのだが、子供にはまだ早いと棚の一番高いところに置かれていた。

以前、魔術書が読んでみたい、魔術を教えてもらいたいと母さんに頼んでみたが、顔を青くし断られてしまった。

その後も何度か頼んだが、過保護な母さんには俺が魔術を使うなんて到底許可できるものではないらしく、悉《ことごと》く断られている。

前世で言えば、子供に包丁やコンロを使わせないようなものなのかもしれない。

「はい、わかっています母さん」

なので今日も魔術書は諦めて、何度も読み直している魔物の図鑑を読もう。

家族で集まっていた部屋から出ると、書斎の扉が半開きになっていた。

扉にするりと体を入れて書斎へ入り、壁際に設置された棚に本が並べられているのを確認する。

「いつ見ても多いな」

前世であってもこれだけの本を揃えれば、それなりの額がかかりそうなものだが、冒険者という職業をしている父さんは、いったいどれくらいの稼ぎがあるのだろう。

それに一つぐらいいやらしい本があってもいいのだが、それらしいものはどこにもない。

日本には『蛸《たこ》と海女《あま》』という葛飾北斎が描いた有名な春画がある。

女性が蛸に襲われる絵なのだが、それには「ケツ穴をこすってイかせてやるぜ」という旨《むね》の、仰天する台詞《せりふ》が入っているという。

二百年前の日本でもそれだけのものがあったのだ。この世界では女騎士が醜い顔をしたオークに襲われるなんてのは、最早鉄板ネタであると思う。

いや、母さん一筋な父さんのことだ、案外、人妻物を好んで集めているやもしれない。

それか巨乳魔女っ娘《こ》物とかな。

「一途だからこそ必要ないのかもな」

でもそれでは困る。今度本屋さんに連れて行ってもらって、勉強のためだと言っていやらしい本をねだってみるか？

だがそれでは俺のイメージが――。

「ニャー」

どうにかして俺の痴的好奇心を満たす本を読めないものかと考えていると、樹を伝ってきたのか、書斎の窓から一匹の白猫が入ってくる。

その猫は窓際にあった椅子の上に座って俺を見ていた。

こんな簡単に獣の侵入を許すとは、なんてセキュリティの甘い家なのだろう。

この調子で魔物が入ってきたらどうするつもりなのだ。

「ニャー」

猫にしては大きく見えるが、俺の体がまだ小さいからそう見えるだけなのかもしれない。

敵意があるようには見えないので一つ撫《な》でてやろうか。

さぁて猫ちゃんの弱いところはどこかなー？

「にゃふ」

椅子にお座りしていた白猫に手を伸ばすと、頭を下げて俺の匂いを嗅いでいる。

「にゃ？　ふんふんふんふん……にゃふ」

白猫の鼻息は徐々に荒くなり、熱心に俺の手を舐め始めた。

「……」

一心不乱に俺の手を舐め、頭を擦《こす》り付ける白猫。

母さんもいつも俺の匂いを嗅いで興奮しているが、まさか猫にまでされるとはな。

しばらくは好きなようにさせていたが、段々怖くなったので手を引っ込める。

すると椅子から降りた猫がするりと俺の足に纏《まと》わりついてきた。

「にゃうにゃうー」

酔っ払ったかのように白猫は一心不乱に体を擦りつけてくる。

まだ体の出来上がっていない幼児の俺には力が強すぎる。これがもし美少女だったらと思うと滾《たぎ》るものがあるが、相手はふっさふさの白猫である。

俺にズーフィリアの素養はないと信じたいが、眠っている才能が目覚める前に離れてくれ。

「ほら、もう離れな」

「にゃふぅ……」

いや、にゃふぅじゃなくて。

顔を押して離そうとするが、今度はその手にまとわりつき、次いで体にピタリとくっついて離れない。

「にゃふん」

おい、いい加減離れろ。

お前が人の姿になれる化け猫の類《たぐい》なら俺から全力でニャンニャンしにいくが、そうじゃないんだろ。

どうしてもじゃれたいのなら体を女体に作り替えて出直してこい。

俺は本が取りたいのだ。いてもいいが、今は離れてくれ。

「にゃーんぬ」

「うわぁ!?」

距離を取ろうと離れると、膝の裏を押されてぺたりと床に倒れてしまう。

いとも簡単に俺を倒すとは、さてはこいつ柔術を心得ているな?

「……ん?」

その時だった。

本棚とは反対側にある壁が赤くきらめいていることに気付く。

白猫もそれに気づいたらしく、じゃれるのをやめてじっと壁を見ている。

なんだろう。妙に暖かい気がするが、床暖房ならぬ壁暖房でもついているのだろうか。

いや、そんな次元ではない。

壁からは火が噴きあがり、壁は円状に黒くなっていく。

火は勢いを増して炎となり、壁が輝きだす。

「えっえっえー!?」

一際輝くと、爆音を響かせ壁は円状にくりぬかれて消滅した。

「はぁー!?」

「フニャー!?」

さきほどまで執拗《しつよう》に体を擦りつけていた白猫は、爆音に驚き窓から外へ逃げ出してしまう。

何これ待って、俺も逃げたい。

「待って猫ちゃぁぁん！」

薄情な奴である。

あれほど執拗に体を擦り付けていたくせに、白猫は振り向きもせずに樹を伝って消えてしまった。

あいつは俺の体だけが目当てだったのだな。

「ユノーっ!!」

隣の部屋と書斎が繋がり、木の燻《くす》ぶった臭いが漂い、空いた穴の周りが僅かに燃えている。

その穴から母さんがルイスを抱いたまま飛び出し、少し遅れて父さんが入ってきた。

母さんの表情に余裕はなく、父さんは苦々しい顔をしている。

「ユノ、ユノはどこにいるの!?」

「こ、ここです母さん！」

「リディア……何も壁を燃やさなくても……」

「ユノの叫びが聞こえたのよ!?　何かがあってからでは遅いの！」

「ま、まあそうなんだが……」

まさか俺の大声を聞いた母さんは、火の魔術で家の壁を消滅させて書斎へ最短距離で来てしまっ

た、そういうことか？

過保護だと言っても、さすがにそれはやり過ぎだろ。

やり過ぎるのは父さんとだけにしておいてくれ。

「ああユノ、怪我はない⁉」

たった今あなたの魔術で死にかけました。

「大丈夫です、ちょっとびっくりしましたが」

これはあれだな、これからは無暗に大声を出すのはやめよう。

俺が大声を出すたびに家を破壊されていたら、いずれ我が家はなくなってしまう。

「あぁユノが無事で良かった……あら、変わった臭いがするわね……」

今にも泣きそうだった母さんの顔は、今にも俺が泣いてしまいそうな冷たい表情へと変わっていく。


変わった臭い？

ギリギリだったけど、お漏らしはしていませんよ。

「臭いですか？」

「ええ、別の女の臭いがするわ……」

女？

確かにあの白猫はタマタマのついていないメス猫だったと思うが……いや、でも女って。

「ね、猫ならそこの窓から入ってきましたが」

「窓は全て閉めていたはずだけど……」

恐る恐るそう告げると、母さんは窓を閉めて振り返り、前髪で表情を隠して肩を揺らしている。

「うふふふ……」

ルイスもそんな母さんが怖いのか、助けを求めるような目で俺を見て手を伸ばしている。

すまないルイス、俺では助けられそうにはない。特等席でその恐怖を堪能していてくれ。

「猫……そう、やっぱりそういうことなのね。薄々気付いていたのよ……」

薄々？　なんだ、ゴムの話か？

聞き取れないのでもう少し大きな声で喋ってくれ。

「あのー……」

「やはりユノからはメスを引き付ける匂いが出ているわ……」

今なんと言った？

俺がメスを引き付けると言わなかったか？

猫にじゃれつかれただけで何を言っているのだ。

「……そしてこれは魔力……それも私以上の……」

何が私以上だって？

私異常と言ったのか？

なるほど、勢いで壁をぶち破ったことで薄々気付き始めてきたのか。自分が正常ではないことを。

「母さん大丈夫ですか？」

結構失礼な言い方になってしまった。

これでは頭は大丈夫かと聞いているようなものではないか。

「ううん、なんでもないの。問題ないわ、気にしないで」

いや、壁はぽっかり空いているし、ルイスは泣きそうだし問題だらけだよ。

「でも、この匂いを他の女に知られるのは不味《まず》いわね……間違いなくユノは女にモテるわ」

話が大分飛躍したな。それは何一つ不味くないですよ母さん。

むしろ朗報、美味しすぎる話です。

そう、美味しすぎる話であって、ありえないんだよ。

ようは母さんの異常とも言える匂いフェチがこじれて、妄想が暴走しているんだろ。

呪いの影響を受けないだけで、俺は一般的な普通の男になれたというだけだ。神様から特別な力を授かったわけでもなし、突然モテるわけがないじゃないか。

母さんは親の贔屓目《ひいきめ》と匂いフェチのせいでそう感じるだけで、ちょっと猫に懐かれただけでそれは言いすぎだ。

前世で散々学んだじゃないか。女性は気のない男にも気のある振りをするのだと。

調子に乗って前世と同じ轍《わだち》は踏まんからな。

「外に出せばいとも簡単に女の一人や二人はつかまえてきて、さも当たり前の様に子供の四人や五人は作って帰ってくるでしょうね」

俺は種付けオークか。

「そうならないためにも、ユノをメスどもから私が守らなきゃ……!!」

女性を俺から守るのではなく、女性から俺を守るの？

それ、童貞を守ろうとしていませんか？

「リデルー！　いるのかぁ！　凄い音がしたが何かあったのか!?」

外から何やら男の声がする。誰だろう。

「ゴードンだ。俺が説明してくる」

ああゴードンさんか。家の窓から姿だけなら見たことがあるぞ。

「そうだ丁度いい、ユノもいくか？」

え、いいの？

「待ってあなた、ユノにはまだ早いわ！」

「何を心配しているんだ。ユノならちゃんと挨拶できるよな？」

「はい、ちゃんとできます」

「そ、そういう問題じゃ！」

「リデルー！　いないのかー！　返事をしてくれぇ！」

またゴードンさんの声がする。

余程心配なようだが、隣家で爆発音がすれば、そりゃ誰だって不安にもなるわな。

「すまない、俺たちは無事だ！　今説明しに行くから少し待っててくれ！」

「おう無事だったか！　わかった、家の前で待たせてもらうぞ！」

なんか緊張してきたな。

相手は幼馴染の父親だ。気は早いが、もしかしたら俺の義父になるかもしれない人である。粗相のないように、粗相をしないように気をつけよう。

「待って、今日は日が悪いわ！　また千年後に改めましょう！」

さらっと八百年も上乗せしたな。なんて往生際の悪さだ。

「リディア、これは遅いか早いかの違いでしかなく、なによりユノのためでもあるんだぞ。いい加減覚悟を決めるんだ。さあ行くぞユノ」

「じゃあ私も行くわ！」

「開いた壁をこのままにしておくのか？」

「うぅっ……わ、私も穴の処理が終わったらすぐに行くわ！」

穴の処理って、それだけ聞くと淫猥《いんわい》な響きがあって良いな。

「ああ、すまないが頼んだぞ」

父さんと階段を下りて一階へ移動する。

そこで一旦リビングで待つように言われたので、大人しく立って待つ。

立つと言っても勃起ではない。男と会うのに勃起してどうするのかという話だ。

「悪かったなゴードン」

「ああ、無事ならそれでいいんだ。で、どうした、何があったんだ？」

「どうせリディアでしょ？　あの子ならいつか何かやらかすと思っていたの」

父さんが玄関で立ち話をしている。立ち話と言っても勃起はしていない。

ゴードンさんの他にも、もう一人大人の女性がいるようだが奥さんだろうか。

「詳しい話はあとでする。まあとにかく中に入ってくれ」

「ん、いいのか？　なら遠慮なく邪魔するぞ」

この家に初めてお客様が入ってきた。一人は大柄な男で、筋肉質な父さんよりも更に一回り大きいゴードンさん。もう一人は癖の強い赤い髪が特徴的な美しい女性であった。

その女性が俺の前に来て見下ろし、微笑みかけている。

「この子がユノ君ね」

「ああ、うちの自慢の息子だ。ユノ、こっちの大きな男が隣に住むゴードンで、隣にいるのがゴードンの妻でシャーラだ」

「初めましてユノ君」

これは挨拶を返さなければなるまい。

前世で培《つちか》った社交性を今こそ発揮する時だ。息子の恥は親の恥、俺が醜態をさらして両親の顔に泥を塗ってなるものか。

それに将来は抜群の社交性を活かして射交的な男になれるように、不慣れな女性とのやり取りも今のうちに慣れておきたいしな。

「こんいちは。ユノと申します。本日はようこそおいでくださいました」

頭を大袈裟に下げる。

緊張のため少し噛んでしまった。

「飲み物はお茶でよろしいですか？」

シャーラさん限定だが俺を飲んでもいいですよ？

飲み放題のドリンクバーとしてご利用いただけますので、ご自由にどうぞ。

「驚いた、この歳でこんな気遣いができるの……そうだ、うちもアリーシャを！　ねぇゴードン、アリーシャをユノ君と会わせてあげてちょうだいな」

赤髪の女性は何かを思い出したらしく、ゴリラのような偉丈夫《いじょうふ》のゴードンさんに声をかけた。

アリーシャという子がそこにいるような言いぶりだが、姿はどこにも見えない。まさかゴードンさんがアリーシャちゃんなのか？

「ああ、ちょっと待ってろ。ほらアリーシャ、なんだ、照れているのか？」

どうやら後ろに隠れているようだ。よかった、ゴードンさんがアリーシャちゃんじゃなくて。

「隠れてないで顔を出すんだアリーシャ」

顔に出すんだ？

アリーシャちゃんは男で、この偉丈夫は息子に顔射させる異常夫《いじょうふ》なのか？

わかっている。後ろに隠れているのだろ。白い服がちらちらと見え隠れしているので、さすがに気付いているぞ。

「んー……はい！」

元気な声とともに幹の様に太いゴードンさんの足の後ろからアリーシャちゃんが顔をだす。

「ッ!?」

俺が驚いたのはその容姿である。

オークならば投げてやるなどと思っていたが、この子は舐めるべき美幼女だった。

赤髪で前髪に少し癖のある幼女がこちらをにこにこ笑いながら見ている。

ゴードンさんの後ろにまた隠れてしまったが、また顔をそろりと出し、俺と目が合った瞬間にまた笑顔になる。

どうしよう、この子めっちゃ欲しい。パパ、あれ買って。

「この子がアリーシャだ、どうだ可愛いだろう。やらんからな」

何故俺がアリーシャちゃんを欲していることがわかった。野性の勘か?

ゴードンさんはアリーシャちゃんの背を押して前に出し、屈《かか》んで俺に視線を合わせている。

何という威圧感だろう。体のあちこちから色んなお水を漏らしてしまいそうだ。

もし俺が帰宅途中の小学生だったなら、この顔を見た瞬間に防犯ブザーを鳴らしていたことだろう。

だがそんな案件レベルなゴリラの威圧感などどうでもいい。

「あはっ」

笑って俺を見ているアリーシャちゃん。気付けば俺は挨拶をすることも忘れてアリーシャちゃんに目を奪われていたのだ。

いつまでも見惚れて視姦しているわけにもいかない。紳士的に対応し、好印象を与えなければ。

「こんにちはアリーシャちゃん。僕はユノ、これからよろしくね」

挨拶はコミュニケーションの基本で、セックスはそれの応用だ。さり気なく「これから」という言葉をはさんで今後の関係性を強調していくことも忘れない。

「ほらアリーシャ、ユノ君に挨拶をしなさい」

アリーシャちゃんは、シャーラさんに背中を押されて少し前に進む。俺を見てシャーラさんを見てと、せわしなく首を動かし、また隠れようとした。

落ち着きがないのは照れているというよりは、喜んでテンションが上がっているように見える。まるでご主人様が帰ってきた時の子犬のようだ。とても飼いたい。

「ほら練習していた通りにやってみなさい」

挨拶の練習をしていたのか。想像しただけで可愛いな。次は俺と子作りの練習をしようか。

「はい！　ええっと、私はアリーシャです！」

満面の笑みである。こんな笑顔で女の子に挨拶されたのは人生で初めてだ。

「アリーシャはユノ君と同じ三歳なの、仲良くしてあげてね」

「ユノくん、仲良くしようね！」

笑みを崩さず俺の名を呼ぶアリーシャちゃん。

前世では飼育小屋で飼われたニワトリのメスですら俺には冷たかったというのに、クラスで一位……いや県を代表するレベルの容姿であるアリーシャちゃんは、笑顔を絶やさず、俺に明るく接してくれている。

生きてて良かった。生まれ変われて本当に良かった……いや、喜んで感動してばかりもいられないぞ。

これは自分の長所をアピールして面接官《アリーシャ》の得点を稼ぐ一種の面接だ。

アリー社に入社して乳射式を行うまでは、精をヌイても気は抜くな。

「えーっと……」

いかん、緊張して気の利いた言葉が何一つ浮かばない。

なにを三歳児相手に緊張しているのだ。そんなことでどうして童貞が捨てられる。

今こそ大人の余裕を見せるのだ！

「うーん？」

「あっ、いや……」

駄目だ！

首を傾げて笑うアリーシャちゃんが可愛すぎて頭の中が真っ白になってしまった。早く次の言葉を喋らなければ。

「こ、これからたくさん遊んでね、アリーシャ」

初対面なのに呼び捨てにしてしまった！

馴れ馴れしくした罰として、たくさん俺の体で遊んでくれ！

「うん、いいよ！　たくさん遊ぼうね！」

アリーシャは呼び捨てにされたことを不快に思った様子もない。

前世ならば極端に嫌な顔をされたものだが……もしかして、呪いの影響はないのか？　そう断定していいのだな？

よーし、そういうことなら次は、前世で培うもついぞ使うことのなかったレディファーストの精神を遺憾なく発揮してやろう。

まずは手の甲にキスをして、次は足の甲にキスをしてやる。その後は俺をおもちゃにして存分に遊んで、弄《もてあそ》んでいただこうではないか。

「じゃあ何を――」

「遊ばせないわよ」

何をして遊ぼうか。そう言おうとしたところで母さんの冷たい声がする。

振り向けばルイスを抱いた母さんが階段から降りてきていた。

待ってくれ、今ルイスをこの場に連れ出すのは非常にまずい。

ルイスは母さんに似た中性的なイケメンだ。

まだ二歳ではあるものの、その整った容姿から将来はさぞ多くの浮名を流すだろうと予感させる。

もし女性が、ルイスと俺のどちらかを選ぶとしたら、まず間違いなくルイスを選ぶだろう。そんなルイスが今アリーシャの前に現れたら……また俺は恋が始まる前に失恋することになるじゃないか！

高校時分、いい感じの関係になりつつあった女の子がいた。

いい感じになりそう止まりで、「リレーでバトンを渡す時の格好が生理的に無理だった」などと、到底納得できない理由でふられてしまった。

その子は俺の元を去り、代わりに俺がバトンを渡したイケメンと付き合い始めた。

俺はバトンと同時に、セックスをする権利までイケメンに渡してしまったのだ。

俺はまたあの時の様にイケメンに全てを奪われるのか。

それも次は、実の弟に。

「ルイス、隣りに住むゴードンとシャーラ、それにアリーシャちゃんだ」

父さんがシャーラさんと話しはじめていた母さんからルイスを預かり、ゴードン一家を紹介する。

ルイスは無表情でアリーシャを見ているが、アリーシャは笑顔でそれを見返していた。

「アリーシャちゃん、この子がルイスだ。仲良くしてあげてくれるかな」

「はい！」

元気な返事をするアリーシャの目にはルイスが映っている。

じきにあの瞳の中にはハートが浮かびあがるのだろう。俺はその光景を前世で何度も目にしてきた。俺が可愛いと思う女の子が、目の前で他の男に惚れていく様を。

「あら、ルイス君もユノ君に負けないぐらいかっこよくなりそうじゃない」

お世辞はやめてくださいシャーラさん。俺なんてルイスに比べたら、腐った魚に集《たか》るハエの尻毛にも劣る男ですよ。

「そうだ！　ねぇアリーシャ、ユノ君とルイス君ならどっちが好み？」

シャーラさん、あなたはこの家を俺の公開処刑場にする気か。

「このみって何？」

「そうねぇ……アリーシャにとってのハンバーグはどっちって意味」

ハンバーグが好きだからそういう言い回しなのか？

ああ、俺がアリーシャのハンバーグになって、塩コショウで美味しくいただかれたい。そしてジューシーな肉汁を噴射して、アリーシャに「美味しい」と言わせたい。

……だがそれは叶わぬ夢だ。アリーシャにとってのハンバーグは国産牛《イケメン》のルイスなのだから。俺みたいな酷産牛はどうあがいても選ばれることはない。

「うーん、ユノくんだと思う！」

え？

「どうしてユノ君なの？」

え、俺……？

ルイスではなく、俺が選ばれた……？

「うーん、ユノくんは美味しそうな匂いがするから！」

今すぐ生で食べてください！

活きたまま踊り食いでいってくれアリーシャ！

さあ服を捌《さば》いて股間のハマチを味わってくれ。いつかは大きく脂の乗ったブリブリの寒ブリに出世してみせますので、どうか今はこれで我慢してほしい。

だがやられてばかりの俺だと思うなよ。大人になったらアリーシャのマンバーグを股間のミートハンマーでパンパンと空気抜きしてやるからな。

「ユノは私のものよ。女狐《めぎつね》には渡さないわ」

「ユノ、あまり調子に乗ってうちの大事なアリーシャに変な気を起こすなよ」

他人様《ひとさま》の娘さんを女狐呼ばわりする母さんも凄いが、暗くなっているゴードンさんも不穏な空気を放っている。

だがそんなことはどうでもいい。一度も選ばれたことのない俺が女性に選ばれたのだ。ここは異世界で邪神の呪いが届かない世界だと確信できた。

アリーシャの俺に対する想いがハンバーグ的な何かでも構わない。女性に好意を向けられるというのが、こうまで人を幸福な気持ちにするとは思わなかったぞ。

すまんなルイス。お兄ちゃんはアリーシャとのウェディングロードを歩むが、お前は腐らずに多くの女性たちと浮名を流し、愛憎渦巻く修羅の道を歩んでくれ。

もちろん腐ってしまって薔薇道や衆道に寄り道しても構わんがね。

「じゃあユノ君とお父さんならどっちが好み？」

「えー？」

お父さんとはゴードンさんのことか。

それは分《ぶ》が悪すぎるだろ。過ごした時間が違いすぎる。

「ふんっ」

シャーラさんの質問に、ゴードンさんは腕を組んで笑い、勝ち誇ったような表情で俺を見下ろしている。

鬱陶《うっとう》しいやつだ。だいたいこれぐらいの年齢の女の子なら、まず間違いなく父親を選ぶだろう。勝ちの決まっている戦いで何を偉そうにしているのだ。

「ユノくん！」

「おうッ!?」

俺の脳内にはファンファーレが鳴り響き、森の動物たちが祝福してくれている。

相手が勝ち誇った時、既にそいつは敗北している……この言葉をゴードンさんには波紋《バナナ》とともに捧げたい。

「そんな馬鹿な！　こんな小僧がどうして……何故俺ではないのだ！」

おい、いくらショックだからって友人の子供に対して小僧はないだろ。

「あははは！　残念だったねゴードン！」

余程面白いのか、シャーラさんは手を叩いて笑っている。

一方ゴードンさんは、羽虫程度ならそれだけで死んでしまうような眼光で俺を睨みつけ、食いしばった歯を俺に見せて威嚇《いかく》していた。

野性味溢れる男だと思っていたが歯を見せて威嚇するなんて、こいつは最早野性そのものだな。

アリーシャは俺が一生面倒見てやるからお前は安心して森へお帰り。

なんなら父さんのバナナをあげるからそれで我慢しなさい。

「ぐぬぉぉぉ……」

唸り声をあげてゴードンさんが俺を睨みつけているのは、俺に対して嫉妬しているからか。大人毛のない子供に対して大人気のない振る舞いをするとは、体格の割に小さな男である。

「あー笑った。もう、いつまでいじけてんのさぁ、大人がいじけてもみっともないだけだよ」

シャーラさんがゴードンさんを見る目が優しいのは飼い主だからだろう。この珍獣を手なずけるとは、シャーラさんは手練《てだ》れのブリーダーなのだろうな。

「アリーシャはそんなにユノ君が気に入ったの？」

「うん、だっていい匂いするよ？」

アリーシャは不意に近づき俺の首元を嗅いでいる。

不公平だ、俺にもアリーシャの匂いを嗅がせてくれ。腋《わき》だ、腋の匂いを所望する。

「確かにユノ君からは凄く良い匂いがするけど、リディアが何かつけてるの？」

俺に顔を近づけるシャーラさんを手で制する母さん。

「離れなさい。ユノは私のものだと言ってるでしょ」

どんだけ女性を恐れているのだ。

それに俺の童貞はもうアリーシャのものだ。そこは譲れないからな。

「それにしてもユノ君は利発そうな顔をしているわね。落ち着いているし、アリーシャとは正反対ね」

性反対？

アリーシャとの性行為に反対するという略語か？

勘違いしてもらっては困る。いくらなんでも三歳の幼女に手を出すような鬼畜ではない。もう十年は待ってやるつもりだ。

「利発そうではなく、利発そのもの。むしろ利発の語源がユノなのよ。知らなかったの？」

言いすぎな。ハードルを上げないでくれ。

「へぇー」

赤髪の女性は母さんの言葉を適当に返事をして流し、俺を見て微笑み続けている。

どうしたのだろう、まさか三歳児の俺に惚れてしまったのだろうか。

邪神の呪いが届かなくなった今、そういうミラクルが起きてもなんら不思議ではない。

アリーシャとシャーラさんの親子丼か…………ダメだ、親子丼という言葉を思い浮かべた途端、何故かゴードンさんがちらついてきてしまう。

ちらつくな、散ってくれ。親子ードンなど俺は求めていないんだ。

「ユーノくん」

親子丼の妄想をしようにもゴードンさんがちらつき悪戦苦闘していると、アリーシャが俺を呼んで笑っていた。

「う、うん？」

名を呼ばれただけで高鳴る鼓動をアリーシャに聴かせてあげたい。服を着ていては聴こえづらいだろうから、全裸になってしまおうか。

「気安くユノの名を呼ばないでちょうだい」

母さんは鬼か。アリーシャが傷ついたらどうするのだ。

アリーシャを傷つけていいのは俺だけだ。と言っても傷つけるのは処女膜だけだがな。

「ユノ、気を付けて、その女は敵よ」

何言ってんだこの人。

幼女を女扱いするのもそうだが、友人のお子さんになんてことを言うのだ。

とりあえず母さんは無視だな。

「時間だ、アリーシャ帰るぞ」

「あんたも馬鹿言ってんじゃないよ、折角なんだからユノ君とアリーシャを遊ばせてあげなさいよ」

急に割って入ってきたゴードンさんをシャーラさんが腕を引いてリビングの奥へ連れて行く。

俺が邪神の呪いを完全に解くための条件、それは子をなすことだ。

そのため俺の一生は童貞を捨てることが全てだと言っても過言ではない。

そこへ美幼女の幼馴染が現れたのだ。これは俺の人生に暴風級の追い風が吹いていると言ってもいい。

股間に帆を立てろ、この風に乗り、将来は何としてでもアリーシャに乗っかるのだ。俺の童貞丸をアリーシャ港に入港させてくれ。

「ユノくんやっぱり良い匂いするね！」

アリーシャが俺に向けて手を伸ばしている。

どうしたんだい、婚約指輪をはめてほしいのかなー？

ハメるものならもう一つあるよー？

「危ない！　その女はユノを誑《たぶら》かそうとしている魔界からの使者、近付いてはだめよ！」

また母さんの発作が始まったな。

しかたない、ここははっきりと伝えてやろう。

「母さん、僕はアリーシャと仲良くなりたいのですが、それはいけないことなのでしょうか」

ここぞという時、男なら直球勝負だ。

「私もユノくんと仲良くなりたい！」

アリーシャが無邪気な笑顔を俺に向けている。その笑顔を見て頭を撫でたいという欲求に駆られるが、ここでそれをやればゴードンさんに八つ裂きにされそうなのでやめておこう。

「なっ、なんて恐ろしいことを言うのユノ……」

アリーシャと俺を交互に見て後ずさりし、母さんの顔色が悪くなっていく。本気だ、この人。

「僕は母さんのことが好きです。いつもの母さんはこれぐらい好きなんです」

両手を広げてみせると母さんの血色が戻り一瞬で赤くなっている。

ちょろい。

「うふふ……私はもっと好きよ、ユノ」

「だけど」

そこで一拍置いてから口を開く。

「お友達を作らせてくれない母さんは、ちょっと嫌いです」

「な⁉　きら、きら⁉　あっ……あふぅ……」

「リディア⁉」

気絶して倒れてしまうが、ルイスを抱いている父さんが片手で母さんを抱く。

嫌いという言葉を選んだのはまずかったか。この件は後でフォローしておこう。

「……おいシャーラ、本当に大丈夫なのか？　アリーシャが襲われたりしないか？」

バナナでぶん殴るぞ筋肉ゴリラ。お前は子供の俺に何を警戒しているのだ。

「はぁ……ユノ君は子供なの、そんなことするわけないでしょ」

そうだ、もっと言ってやってくれシャーラさん。

だがゴードンさんの言うことの全てが間違っているとも言い切れない。

俺はこの美しい幼女にときめき、将来を妄想し始めているのだ。

ゴードンさんの野性の勘は半分当たっていて、今は手を出す気はないが将来はどうなるかわからない。

「ユノ君はリデルとリディアの子で、本人は子供とは思えないほど利発で大人びていて……」

シャーラさんが口に手を当てて独り言を言い始めた。

身も心も童貞だが精神は子供じゃないんです。そう勘違いするのも仕方のないことなんだろうな。

「うーん……ユノ君さ、アリーシャのお婿さんにならない？」

「え？」

なります。

なんなら性奴隷でも構いませんし、シャーラさんに飼われるゴードンさんのようにペットにされるのも悪くないです。

「あーでも……そうか……」

何を悩んでいるんですか義母様《かあさま》。

俺はもうあなたの義息子《ぎそく》で、アリーシャさんの夫ですよ。

さぁ、初夜の日取り……ではなく挙式はいつにするか決めましょう。

「ユノ君でアリーシャを守れるかなぁ」

勝手に話を進めて、勝手に破談にする流れに持っていくのはやめてください。

「あのー……」

待てよ、今がっつくのは得策ではない気がするぞ。

もう少し様子をうかがい、状況に合わせて言葉を選ぼう。

「最近は魔物の活性化が……って、そこまで難しいのはわからないよね。そうだなぁ、ユノ君はさ、何があってもアリーシャを守れるかな？」

あれ、返事もしていないのに入社試験が始まったぞ。

「どうかな？」

「はい、男は女性を守るものだと、父さんからそう教わっています」

任せてください。処女は俺が破るので守れないが、アリーシャの命は俺が守ります。

「ふふ、さすがリデルの子ね。じゃあアリーシャはどう、ユノ君とずっと一緒にいたい？」

「うん、ずっといい匂い嗅ぎたいかも！」

「なんだと!?」

ゴードンさんが声を裏返らせて驚いているが、驚いているのは俺も一緒だ。

匂いを気に入ってくれただけのようだが、俺が女の子に好意を寄せられているなんて、未だに信じ難《がた》い話だ。

こんなに幸せでいいのか。異世界ってこんなに素晴らしいものなのか。

「ユーノくん」

どうした、このタイミングで嘘でしたとか、ドッキリでしたとかはやめてね。

「ど、どうしたの？」

恐る恐る返事をすると、アリーシャは屈託《くったく》のない笑顔で俺を見ていた。

「呼んだだけー！　えへへぇ」

「……」


よし、この世界で生きて行く上で、脱童貞以外の目標ができたぞ。

父さんに剣術を習い、母さんからは魔術を習おう。

俺はアリーシャを守るために強くなるのだ。

【第三章】守りの要、括約筋

魔物が跋扈《ばっこ》するこの世界で、将来アリーシャを守るためにも俺は強くならなければいけない。今のところ〝匂い〟にしか関心のなさそうなアリーシャのハートを完全に俺のものにするため、頼れる男であるところをアピールしたいという下心もある。

では強さとは何か。

ベッドの上では固さや長さ、持久力と瞬発力、質と量などが評価の対象になるのだろうが、今の俺が求めているのはそういった強さではない。

現段階で欲する強さとは単純な暴力。よく言えば武力だ。

そのため魔術の手ほどきを受けたいと母さんに話したが、俺にはまだ早いと流されてしまった。

母さんに誘われればいくらでもシテしまうイエスマンな父さんですら、魔術の話になると「子供はどうやって生まれるの？」と言われた時のような大人の顔をする。

いくら頼んでも教えてくれないので、では剣の稽古をつけてほしいと父さんに頼むと、これには涙ぐみながら二つ返事で了承してくれた。

魔術は駄目だが剣術は泣くほど嬉しいようだ。

しかしながら母さんからは猛烈な反対と、抗議の抱擁を受けて話は平行線に。

どう説得したものかと悩んでいたが、ある一言で母さんは賛成してくれる。

「僕はただ強くなりたいんじゃありません、守る力がほしいんです」

「ユノは剣なんて使えなくても私が一生守ってあげるわ、それに……女狐など守らなくてもいいのよ」

最後に小声で言った部分が恐らくは本音で、同じような言い合いが続き水掛け論になっている。

ぶっかけ合うならアリーシャとかけ合いたいというのに、母さんは中々折れない。

「母さんは少しだけ勘違いをしています。僕が守りたいのはアリーシャだけじゃないんです」

「まさかまだ他にも女が……？」

女性関係を完全にシャットアウトしている張本人が何を言っているのだ。

「僕が守りたいのは愛する家族……母さんです」

「私も愛しているわユノ！」

難しい顔をしていた母さんは一瞬で破顔し、俺を抱きしめてキスの雨を降らせた。


そんなやりとりがあり、「そうよね、ユノも男の子ですもんね、愛する人を守りたいわよね！張り切って守られなくっちゃ！」と、父さんから剣の稽古を受けることは快諾《かいだく》された。

そして俺は今、父さんに庭で剣の稽古をつけてもらい、両手で木剣を握って立っている。

いつかは股間の勃剣《ぼっけん》を両手で握ってアリーシャの前に立ちたいものだ。

「体の中心線が揺れて構えが左寄りになっているぞ。右にそれるのは油断があるから、左にそれるのは邪念があるからとは言うが、ユノにはまだ筋肉が不足していて剣の重みに耐えられないのかもしれないな」

現在の状況を客観的かつ具体的に説明してくれる父さんに謝りたい。

ごめんなさい邪念でいっぱいでした、と。

「どうしたらよいでしょうか。父さんの言う通り、重くて持っているのがやっとです」

実際この木剣は三歳の俺には少々重たく、振ることはできるが、そう何度も振れそうにはない。

「そうか、では木剣を貸してみてくれ」

素直に木剣を父さんに渡すと、腰につけていた短剣で木剣の先を斬り飛ばした。

簡単に斬ってみせたが、今の凄くないか？

果物ナイフで木の枝を斬れるかと言われても、それすら俺にはできないぞ。

「これぐらいでどうだ」

先端を斬られて三分の一の長さになって帰ってきた木剣を握り、試しに構えてみる。

「あっ、凄い、ぴったりです！」

ジャストサイズだ。先ほどよりも構えが安定したように感じる。

俺もアリーシャのジャストサイズになって感じさせたい……おっといかん、また構えが左寄りになってしまったな。

「構えにも余裕が生まれて体勢を維持できている。これならば素振りぐらいはできそうだな」

一発で俺の筋力に合わせた調整をするとは。

家では泣くか鳴いているかしかない父さんだが、こういう時は頼りになるし、素直に尊敬できる。

「ありがとうございます父さん！」

「ふふっ」

父さんは一つ笑うと、自分の木剣を構えた。

「さあユノ、まずは基礎から始めよう」

「はい！」

何事においても基礎は大事だ。それは前世で痛いほど思い知らされている。

勉強にしても、運動にしても、ゲームにしても、セックスにしてもそうだ。

何をするにも基礎がなければ応用はきかない。

しかしセックスの基礎は座学においては完璧にマスターしているので、あとは本番と応用だけだ。

早いところ実戦での経験を積みたいところである。

「まずは素振りなのだが、握り方は構えた時と同じでいい。ただし最初に教えた構えから半歩足を出し――」

父さんの教え方は一から十までを丁寧《ていねい》に教えるものだった。

精神が子供のままでは集中力が持たずに飽いていただろうが、俺の心はアラフォーだ。一字一句逃さず聴いて、教えの通りにこなしてみせた。

「止め」

基本の素振りを二十数えたところで止められる。

「ユノにはまだ筋力がない。無闇に剣を振っても怪我をして型が乱れるだけだ。今日の所はこれぐらいにしておこう」

あれもう終わりなの？

「次は縦振りではなく、突きを教えよう」

勃剣を使った突きかな？

そうなら今まで以上に集中して聴くとしよう。

「突きの構えも最初と同じだが、まずは腕ではなく足で突くことを意識するんだ。まずは俺がやってみせるから真似をしてごらん」

父さんが木剣を構え、庭にある樹に向かって突きを放つ。

正確には突きが放たれていた、だ。

「凄い……」

いつ動き始めたのかわからなかった。

気付けば父さんは前進しており、気付けば木剣は樹に突き刺さっていた。

木剣を引き抜くと樹にはぽっかりと穴が開いている。

この男は化け物か。

俺も剣の修行を積めば父さんの様な突きができるようになるだろうか。

とてもじゃないがそんな未来は想像できない。

俺にできるのは股間の勃剣を使った百裂突きが精々だろう。

「突きは最初の踏み込みで全てが決まる。さ、ユノもやってみるんだ」

やってみろと言われても見えなかったものは真似できない。

それでもやれば改善点を指摘して矯正してくれるだろうと、思い切って樹に向けて剣を突く。

突き出した木剣は樹には当たるが、当然突き刺さるようなことはなかった。

「驚いたな、いい筋をしているぞ。体運びが素人には見えなかったが、もしやユノは剣術の才能があるのか？」

褒めてくれた。まぁ剣道は中学の頃に体育でかじったからな。

アリーシャも突きまくったら褒めてくれるかな。

「僕は言われた通りにしただけです。父さんの教えが上手だからですよ」

父さんは俺の言葉に涙と笑顔で応える。何も泣くことはないと思う。

「よくできていたが完璧という訳ではない。改善点を説明しよう。足で突くことにとらわれ過ぎて腰の移動が疎《おろそ》かになっていた。足だけではだめなんだ、重心をずらさず溜《ため》を作り腰を使って突くことも――」

腰を使って突く？

剣術とはやはりセックスに通ずるものがあるのだな。これは益々稽古に身が入るぞ。

その後も何度か突きの練習をし、額には汗が浮かび始めていた。

「よし、いいぞ上出来だ」

褒めて伸ばすタイプか。くすぐったいが心地よいな。

俺もアリーシャの性技を褒めて伸ばしてやることにしよう。

「これからしばらくは素振りと突きの練習をする。組手は俺が相手をするから、間違っても他のひととやっては駄目だぞ」

他のひととヤッてはだめ？

アリーシャとの寝技縛《しば》りの乱取りも駄目ですか？

「わかりました。これからよろしくお願いします」

「ああ、だがユノ、急いで強くなろうとしても駄目だぞ。人は急には強くならない。短い時間で劇的に成長する者もいるが、それはほんの一握りの天才だけだ。十年、二十年と稽古をし、継続することが肝要なんだ。それを忘れるな」

「はい！」

父さんの言う通り焦ることはない。

俺の目的はアリーシャや家族を守る力を手に入れることだ。

そして目標はアリーシャを勃剣で突くことなのだから。

◇ ◇ ◇ ◇

稽古を始めてから数日がたち、始めたばかりの頃よりは幾分か構えもましになったように思うが、強くなったという実感はない。

だが焦ることはない。性行為も剣術と同じで最初は上手《うま》くいかないものなのだろうさ。千里の道もチ○ポからと言うではないか。剣も性行為も地道な努力と着実な一歩が大切なのだ。今日も父さんに稽古をつけてもらい、少しずつ強くなろう。

そう思い、早朝から稽古の支度をしていると、父さんが申し訳なさそうな顔で近付いてくる。

どうした、寝小便でもかましたか。それなら洗濯をする母さんに謝ってくれ。

「すまないユノ、今日からしばらく稽古を見てやれなくなりそうだ」

稽古が見れない？

何かあったのだろうか。いや、一家の大黒柱が何日も家にいる方がおかしい。常識的に考えて、これは仕事に出かけるのだろう。

「お仕事ですか？」

「さすがに察しが良いな、その通りだ。大きな仕事をギルドから回されてな、それの下準備から……や、細かい話はいいんだ。とにかく朝から出なくてはいけなくなるので数十日は見れなくなる」

ギルドの仕事というものに興味があるので話の続きが気になるが、守秘義務もあるのだろう、根掘り葉掘り聞くのは野暮《やぼ》だな。

掘るならアリーシャだけにとどめよう。

「それでな、稽古はゴードンに見てもらうよう頼んである」

おい待て。根掘り尻掘りしそうなガチムチゴリラに可愛い息子を預けるなんて正気か？

父さんが帰ってきたら、息子が娘になっているかもしれないぞ。

「あの、大丈夫なんでしょうか？」

「ふふ、そんな不安そうな顔をするな」

無茶を言うな。不安しかないんだから仕方ないだろ。

「あいつは不器用だが根はいいゴリ……男だ」

今、ゴリラと言いかけたな。父さんもそう思っているのか。

「わかりました。ゴードンさんにはご迷惑をおかけしないよう、父さんの顔に泥を塗らぬよう気をつけます」

「ユノッ……お前ってやつは……」

感極まって泣いてしまった。

父さんの感動体質にも困ったものだ。今のどこに泣くポイントがあったのだろう。

「グッうぅ——」

しばらく目頭を押さえていた父さんが顔をあげると、目は真っ赤になっていた。

「泥にまみれる仕事をしているのだ。俺の顔などユノは気にしなくていいんだぞ」

確かに、顔に掛けるなら父親より女性の方がいいですよね。

「とにかく、今日からはしばらくゴードンに稽古をつけてもらってくれ。今日の昼過ぎには来るはずだ」

「はい」

それからしばらくして、ゴードンさんと共にマイスイートエンジェルのアリーシャがうちの庭へとやってきた。

「ユーノくん、こんにちは！」

元気のいい挨拶だ。俺の股間にも元気にこんにちはさせてやりたい。

「邪魔するぞ」

天使と野獣が揃って現れたか。

稽古はアリーシャと自主練するから野獣の方は帰ってくれないかな。

「こんにちは、アリーシャにゴードンさん」

「……何故先にアリーシャの名を呼ぶ？」

面倒くせぇ。

稽古の前にまずは害獣駆除からしないといけないようだな。

母さんに頼んで燃やしてもらおう。

「ゴードン、ユノに怪我をさせたら……わかっているわね？」

本当にゴードンさんを燃やしそうな雰囲気を出した母さんが、いつの間にか玄関に立っていた。

「い、いたのかリディア。わわ、わかってる、大丈夫だ。だからそう睨《にら》むなよ」

「そう、ならいいわ。よく来てくれたわね、歓迎するわ」

歓迎って出合い頭に脅すことだっけ？

「ユノくん、今日は何して遊ぶの？」

どうやらアリーシャはゴードンさんに稽古の話を聞いていなかったようだ。

どうしても遊びたいと言うなら、二人羽織ゴリラごっこなんてどうだい。俺が後ろからアリーシャの胸をドラミングする楽しくて気持ちいい遊びだよ。

「女狐、ユノは私を守るために稽古で忙しいの。邪魔をするなら土に帰りなさい」

せめて家に帰してあげてください母さん。

「今日は剣の稽古をするんだ。だからごめん、今日は遊べないんだよ」

「そっかー、じゃあ今日はユノくんをずっと見てるね！」

はぁ……愛しい。稽古がなんのことかはわかっていないようだが、それでもこの反応は可愛すぎる。

「よし小僧、面《つら》を貸せ」

おい、それはこれから稽古をつけようという人間の台詞じゃないだろ。

母さんに助けを求めようとすると、いつのまにか家の中へ戻っていた。

庭にある木陰にアリーシャは座り、いつものようにニコニコと笑ってこちらを見ている。

「まずは素振りをしてみろ」

ゴリラが人間様の言葉を使って命令するとは何様だ。反目しあっても仕方ない、ここは素直に従い、習った通りの素振りを見せるとしよう。

「……ふん、筋は悪くないようだな。さすがはリデルの息子だ」

何度か素振りをしてみせると唐突にデレるゴードンさん。

急に褒めて何が狙いだ。俺の尻か？

「だがまだまだ、お前は武器に使われている。武器を使おうとするな、腕と同化させるように体の一部として扱え」

具体性のない教えだが、達人みたいでかっこいい。

論理的な父さんと違い、ゴードンさんは感覚派か。

「はい！」

引き続き素振りを続け、ゴードンさんは腕を組んで俺を見ている。

「気合を入れて剣を振れ！　実力の勝る相手にも気迫で上に立てば勝機は巡ってくる！　とにかく声を出せ！　かれても声を出せ！」

それはわかる気がする。小型犬でも吠えられるとちょっと怖いもんな。

「はい！」

「そうだ！　弱気な姿は見せるな、それが隙になる！」

弱気な俺が好きになる？　なら一層強気な声を出さねば！

「はい!!」

「そうだ、いいぞ！　声が出なくなるまで、腕が動かなくなるまで剣を振り続けろ！　まずは己の限界を知るんだ！」

なんだろう、父さんとは教育方針が全然違うが、ゴードンさんの稽古も身になる気がするぞ。

何よりも考えるのが苦手な俺に向いている。

考えるな、感じろ。というやつだ。

「気迫と声は牽制になる、声が出るうちはとにかく叫べ！　何はできなくとも声は出せるだろ！」

何はできなくともナニは出せる……まさにその通りだな。ベッドの上では考えさせるな、感じさせろということか。

「はい!!」

「よぉし、いったん休憩だ！」

いつもより多く素振りをやらされたので腕が上がらなくなっている。汗も拭けないのでアリーシャのパンティで拭いてもらいたい。

「はぁはぁはぁ……」

自分の限界が知れるのはいいことだな。達成感というか、やりきった感じがする。

性交でも何回できるか、己の限界を試してヤりきりたいものだ。

「さて、次は突きだが——」

「すいません、まだ腕があがりません……」

「む？　それもそうか」

おや、上がらないなら気合で上げろとか言うかと思ったが、猿以上ゴリラ未満の知性と思いやりはあるようだな。

「よし、では休憩がてら素手での手合わせをするか」

するわけないだろ馬鹿。こっちは三歳だぞ、一秒で死ぬわ。

所詮《しょせん》はただの獣。馬と鹿の合成獣、馬鹿《キメラ》だったか。

この馬鹿《キメラ》に常識を期待しては駄目だな。

「疲労の有り無し以前に、僕とゴードンさんでは力量差があり過ぎて勝負になりませんよ」

「戦わずして諦めるのか？　お前は家族とアリーシャを守るために強くなりたいのだろ。俺に勝てぬようではアリーシャをやるわけにはいかん。アリーシャが欲しければ死ぬ気でかかってこい。当然俺も殺す気でいくがな！」

冗談なのか本気なのかわからないよ、この人。

「父さんにひととの立ち合いは行わぬよう言われています。それに母さんが窓から見ていますよ」

家の窓からルイスを抱いた母さんがゴードンさんを睨みながら、手のひらに火の玉を浮かべている。その火の玉が徐々に窓を溶かし穴が開く。

「ゴードン……何をしているのかしら？」

小さく、だが芯のある声が庭にまで聞こえる。そんな母さんの雰囲気が怖かったのだろう、ルイスはまた泣きそうな顔で俺を見ている。すまんなルイス。俺にはどうすることもできないんだ。お前はそこで恐怖耐性をつけていてくれ。

「ウッ……仕方ない、やめておくか」

母さんの睨みが利いたのか、ゴードンさんは素直に引き下がってくれた。

助かりました母さん。ルイスには悪いが、そこでずっとガンを飛ばしていてください。

「で、では気を取り直して剣を使わずに基礎鍛錬をするぞ」

「はい、お願いします」

呼吸も整った、素振り以外ならまだいけるだろう。

「リデルには素振りの他に何を教わった」

「構えと、突きを教わりました」

「リデルの突きか。ふふ……あれは凄かっただろ？」

父さんの木剣による突きが凄かっただろうとゴードンさんは聞いているのだろうが、それが性的な意味に聞こえてしょうがない。違うよね？

「はい、目にも止まらぬ速さで、あそこを貫いてしまいました。とても僕では真似できるものではありません」

俺の言った「あそこ」というのも、ゴードンさんが妙な言い回しをしたせいで、いやらしくなってしまったではないか。

正しくは庭にある樹だ。

「そうだろ、そうだろ！　リデルの突きはそこらの魔物程度なら一撃で逝《い》かせるんだぞ！」

イかせるとかそういう言葉をチョイスするな。

「更に恐ろしいのは、あいつの得意とする武器はあんな細い得物ではなく大剣だということだ！」

急に解説キャラになられても困惑するし、何故ゴードンさんが得意気なのだ。

もしや彼氏気取りか？

父さんの突きでイかされたことがあるのか？

「突きに関しては俺が下手《へた》に教えてもリデルの教えの邪魔になるだけだな」

お、彼氏気取りの次は職務放棄ときたか。

頼まれたんだからちゃんと最後まで稽古をつけてくれよ。俺はやる気満々なのだ。この熱い気持ちを稽古にぶつけられないならば、お前の娘に熱い何かをぶつけてしまってもいいのだぞ。

「なので俺は徹底的に筋力と精神力を鍛えてやる」

そうきたか。望むところだ。

「足腰が立たなくなるまでしごいてやるからな！」

やっぱり望みません。足腰が立たなくなるまで股間をしごかれているところをアリーシャに見られたらフラれちゃうよ。

「まずは基礎となる体の幹《みき》を鍛える。まだ幼いユノでは大した数もこなせないだろうがそれでいい。俺が確実に強くしてやる」

あれ、まともなことを言っているぞ。スポーツでも格闘技でも体幹は大事だ。

それは前世の現代スポーツ医学では常識であったが、この世界ではまだ知られていないと思っていた。

完全な感覚派だと思っていたが、意外とそんなこともないのかもしれないな。

「はい、では何をすればいいでしょうか」

「まずは割るぞ」

割る？

剃るとかではなく割ると言ったか？

剃るならば、俺はまだ剃毛《ていもう》などせずとも生まれたままの無毛状態だぞ。

アリーシャはどうかな？

ほら、見せてごらん？

「割るとはなんのことでしょう。まさか地面を割れという訳でもないでしょうし」

ゴードンさんなら出来そうだな。

しかしわからんな。尻ならぱっくり割れているし、アリーシャの割れ目もいずれはぱっくりいきますが。

「ユノくんがんばってー！」

そんなことを考えながらアリーシャを見ると、ぶんぶんと手を振って応援してくれた。

目が合ったらこれだもの、愛しいったらない。これが目ではなく体が合ったらなんと言われるのか。やはり、頑張って、だろうか。

頑張るしかないだろうそんなの。割れ目を割るしかないだろ、もう。

「ありがとう、頑張るよアリーシャ」

「そこにうつ伏せに寝転がれぃ！」

なんだ、ゴードンさんは何を怒っているのだ。

娘と話しただけで怒るほど狭《きょう》量《りょう》な男なのか？

「はい、うつ伏せですか……」

言われた通り寝転がってはみたが、まさか本当に尻の割れ目に何かしようという訳ではあるまいな。

母さん、絶対に目を離さないでおいてね。ユノ、男の娘《こ》になんてなりたくないよ。

「大丈夫だ、汚れが気になるのは初めのうちだけだ。慣れてしまえばどうということはない」

最低だ。人の尻と心を穢《けが》してそんな開き直り方をしようというのか。

「あの、僕は父さんみたいに引き締まっていませんし、あまり美味しくはないと思うんですよ……」

「大丈夫だ、子供でもできる簡単なものしかやらん」

大人でもお尻は簡単にできないと思います。

「ついた土は後で洗えばいい。ユノはまず腕よりも胴体を鍛えて体力をつけろ。その方法を教えてやる」

そう言うことね。割るというのは腹筋か。

あと少しで召喚魔法リディアを発動して地獄の業火で消し炭にしてもらうところだったぞ。

「うつ伏せだと腕の筋肉になるのではないでしょうか」

「ほぅ、わかるのか。だが違うぞ、体の幹を鍛える方法はいくつかあるのだが、まずは両肘で体を支えて……面倒だ、俺がやってみせるから真似をしてみろ」

ゴードンさんは地面にうつ伏せに寝転がり、肩の下に肘が来るようにして、そのまま腕を支えにして体を持ち上げた。

足はつま先立ちで、頭と尻が水平になっている。

「腹に力をいれろ。腕や肩の力に頼るなよ」

ふむふむ。そういうことか。

「おー……こ、これは」

「よし、そのまま三十を数えるまでその体勢を維持するんだ」

本当に腕には負担が少ない上に確かに腹の奥に効いている気がする。

子供でもできるトレーニングを選べるとは、ゴードンさんを甘く見過ぎていたな。

「ユノくんのお尻ぷるぷるしてて可愛いかもー！」

なんだと、じゃあアリーシャのプリプリなお尻を可愛がらせてくれ。

「や、この体勢は意外と……きついんだっ」

「アリーシャ、邪魔をするな。ユノは今真剣に稽古をしているのだ。これから百年はほっといてやれ」

死ぬまでほっとけとは大きく出るじゃないか、お義父《とう》さんよ。

「百年はイヤなので百秒で堪忍してください！」

ああ……守りてぇ……その笑顔を俺が守りてぇ……！

あの笑顔を守るためならどんなに辛い稽古でも乗り越えてみせるぞ！

【第四章】棒で突く

父さんたちから剣術を習うようになってから二年が経ち、俺は五歳となった。

父さんやゴードンさんの仕事の忙しい時期には自主練習をこなしていたが、前世では自主練《オナニー》を欠かしたことのない俺には苦のない話であった。

「ハッ！」

短い木剣が樹にくくられた的《まと》の中心に当たり快音を響かせる。

いつかは俺の腰をアリーシャの尻にぶつけて快音を響かせたい。

「いいぞ。構えも全くぶれなくなったな」

父さんが俺の頭を撫でて笑う。

頭を撫でられて褒められるのは気持ちがいい。隙あらばアリーシャの頭や胸を撫でて気持ち良くしてやりたいと思う。

「これが動く的、例えば魔物だったらこうはいかないと思います。まだまだ僕は頑張らなくちゃいけませんね」

調子に乗ってはいけない。所詮俺は前世の記憶があるだけで凡人なのだ。

前世ではすぐ得意になって、高い壁にぶち当たって何度となくプライドをへし折られてきた。

特にイケメンたちには散々な目にあわされてきたのだ、油断と驕《おご》りは禁物である。

「慢心することなく高みを目指すか……お前は本当にできた子だ」

爽やかに笑ってはいるが目からは大量の涙を流している。器用な人だな。

「ユノの言う通り魔物にはまだ通用しないかもしれない。最近だと裏山の先で魔物を見たという報告があった。しばらくは子供だけで近寄らず、どうしても行きたい時は父さんや母さんに言うんだぞ」

「はい、わかりました。気をつけます」

「よし、今日の朝稽古はここまでにしておこう」

「今日もありがとうございました！」

師に感謝を伝え、的となった樹、庭を道場に見立てて礼をすると、父さんが俺の頭を撫でながら涙を流し続ける。

父さんにかける言葉を考えていると、お隣りのシャーラさんが家の門から庭へ入ってくるのが見えた。

「おはようリデル。リディアの準備はできてる？」

父さんは気付いていなかったようで、驚いて少し跳ねている。

続いて大型の野生動物であるゴードンさんと、小型の天使アリーシャが遅れて顔を出す。まるでバーサーカーとそのマスターだな。

「こんな時間からやっているとは、相変わらず早いなユノ」

誰が早漏だ。お前の娘で試してやるからちょっと貸してみろ。

「おはようユノくん！」

眩《まばゆ》い笑顔は元気の印。今日は白のブラウスに緑のスカートか。

俺は君の服になりたい……いや、パンティになりたい。

パンティになって君の処女を守りたいんだ。

「皆さんおはようございます」

「あら、もう来ていたのね。遅れてごめんなさい」

少し遅れて紺のローブを着た母さんが玄関から出てくる。体のラインが強調されており、とってもグッドだ。

「今来たところ。それよりごめんね、アリーシャを預けることになっちゃって」

「構わないわ。ただしユノに触れたら――」

「ユーノくーん」

母さんが言葉を言い終わる前にアリーシャは俺の右耳を執拗《しつよう》にいじっていた。

何が目的かわからないが、いじるならば下腹部の下にある突起物を勃起物にするように優しく触ってほしい。

「今日の仕事は断りましょう。もっと大事な用事ができたわ」

母さんの握り込んだ拳《こぶし》から火が漏れている。

逃げようアリーシャ。二人で愛の逃避行だ。

「はぁ……今更なに言ってるのリディア。今日は私たち四人で仕事に行くという契約でしょ。いやだからね、こうして一緒に行けるのも楽しみだったんだし、違約金だって馬鹿にならないんだから」

「……わかってるわ」

今日集まったのはみんなで山にピクニックに行くだとか、海でバーベキューをするとか、そういう楽しいイベントのためではない。

これは前々から言われていた話なのだが、今日は大人四人でギルドから要請された仕事に向かうそうなのだ。

しかし、シャーラさんは悩んでいた。実入りの良い仕事が舞い込んだのは喜ばしいことだが、アリーシャが一人でお留守番できるとは到底思えなかったのだ。

みんなであれこれと話し合った結果、一つの結論にたどり着く。

俺に預ければいいんだ、と。

「ユノ君ごめんね。今日一日だけだから、アリーシャを見ていてあげてね」

いえいえ、むしろ毎日穴が開くほど娘さんの穴を見させてください。

「はい、僕にお任せください」

シャーラさんがアリーシャに「ただいま」を言えるよう、俺は今日一日アリーシャの守護神となるのだ。

鉄壁の守りでアリーシャの命と処女を守り、「やっぱりユノ君なら安心してアリーシャを預けられるわね！」という評価をいただき、アリーシャのご両親から確たる信頼を得て、アリーシャの中に「お邪魔します」と入るその日のためにも！

それにしてもギルドからの逆指名で仕事を頼まれたという話だったが、それだけ父さんと母さん、そしてお隣り夫婦の冒険者としての格が高いということなのだろう。

そんな父さんやゴードンさんを師として剣術を習っているとは何て贅沢《ぜいたく》な話なのだろう。

調子に乗ってはいけないとわかっていても、誰かに自慢したくなるような恵まれた環境である。

これならば同年代の子供にはそうそう遅れはとるまい。

「アリーシャ、いい子にしていなかったらおやつは当分あげませんからね」

「はい！　アリーシャはいい子にしています！　だから当分もらいます！」

はぁ可愛い。

いい子にしていたら旨味《うまみ》溢れる肉棒を食べさせてあげるからね。

悪い子だったらお尻パンパンだ。

おっといけない、そこはペンペンだったな。

「ユノ、もし女狐に襲われたら木剣で滅多打ちになさい」

物騒なこと言うな。だいたいアリーシャがそんなことするわけないだろう。

逆に襲ってくれるなら何でもするし、俺の尻を平手で滅多打ちにしてもらうわ。

「父さんは女性には手をあげるなと言っていました。僕自身、女性には冗談でも手はあげたくありません」

女性に暴力を振るうのは趣味じゃない。叩くとしても子宮をノックするぐらいだ。

「あら、お父さんは私のお尻をよく叩いてくるわよ？」

やかましいわ。そういう話を隙あらば挿《はさ》むのをやめろ。

「さあさ、時間もそうないだろう!!」

ほら、珍しく父さんが裏声になるほど焦っているじゃないか。

「ユノ、ルイスとアリーシャちゃんを頼んだぞ」

真面目な顔をしているが夜は母さんの尻を叩いているんだよな、この人。

「はい父さん。命に代えても守ってみせます」

アリーシャとルイスの処女は俺が破る日まで守ります。

ルイスは違うか。

「ふふ、心構えは立派だがお前もまだ子供だ。家で大人しく留守番をしてくれていればそれでいい」

まぁそれもそうだな。気張って空回りするのなんて、前世ではよくある話だった。

今日は肩の力を抜いて、アリーシャで抜くとしよう。

◆　◆　◆　◆

父さんたちは、視察に来た大司教護衛の任に着くのだと家を出ていった。

要人の警護も冒険者の仕事だが、大司教クラスの要人ならば騎士団や専属の者が本来護衛をするはずなのだが、今回白羽の矢を立てられたのは父さんたちのパーティーであった。

だが視察というのは表向きの話で、どうやら大司教は何か探し物をしているらしいが、その何かがなんなのかを俺は知らない。

要人の護衛なんていう仕事を任される父さんたちは、本当に立派な冒険者なのだろう。

俺も自然と鼻が高くなり、いつかは父さんの様な立派な冒険者になり、外の世界を見て回りたいという気持ちが芽生えてくる。

とは言え神様から特別な力を授けられたわけでもない。前世の記憶を持っているという点を除けば、どこにでもいる五歳児と何も変わらない。

努力に勝る天才なしとも言う。無理や背伸びはせず地道に努力して強くなろうじゃないか。

だが毎日のようにアリーシャと遊び、毎日のように視姦している今の穏やかな空気も気に入っている。アリーシャと俺の関係は良好で、非常に懐いてくれているのがわかる。

アリーシャが色気づいた時に、この絶妙な距離感が変わってしまうのではと思うと、正直ちょっと怖い。呪いが届かないのはわかったが、呪いが解けたわけではないからな。

「ユノくん、今日はお稽古終わりなの？　もうやらないの？」

考え事をしているとアリーシャがそんなことを言う。

稽古はまだ股間の突っ張り稽古が残っているのだが、付き合ってくれるかい？

俺の股間を叩き、耐久力を高めてほしいんだ。

「本当はもっとやりたいんだけど、外に出てはいけないと言われているからね。今日は大人しく家の中で、お留守番をしないといけないんだよ」

代わりと言ってはなんだが、膣圧トレーニングの稽古を俺がつけてやろうか。

股割り稽古でお股を広げるのもありだな。

「じゃあお家でできる遊びしよ？　何して遊ぶ？」

「何をして遊ぶか……アリーシャは何かしたいことはあるかい？」

少女が楽しめる遊びなど、アラフォーの俺がすぐに思いつくわけもない。

主体性のない男だと思われるかもしれないが、ここはアリーシャにお任せすることにしよう。

「うーんとねぇ、うーん……ユノくんとなら何でもいいよ！」

よーし、じゃあベッドで子作りごっこなんてどうだ。

本番は早すぎるのでまずは練習をしておこうじゃないか。

そうすればいざという時に、お互い困惑せずスムーズに事を進められるだろ？

「――ッ！」

「ふぇ？」

ふしだらすぎる妄想を浮かべていると、アリーシャが何やら可愛い声をだす。

ふえ？

今、笛と言ったのかい？

つまりそれは尺八、いわゆる口でする淫技のことだね？

何をして遊びたいのかと思えばそんな素敵な遊び方を思いついてしまうとは、まったくおませな幼馴染ちゃんだぜ。

いいぜ、俺のソプラノリコーダーで全く新しい音楽《あえぎ》を奏でてくれ。

「んー？」

引き続き妄想の世界に没入する俺をアリーシャが不思議そうな顔で眺めている。

まずい、今の妄想が声に出ていたのか。

「やぁあ——」

外からかすかに声が聞こえるが、父さんたちが出発前の一発でもしているのだろうか。まあそんなわけがない。また猫かなにかがいて交尾でもしているのだろう。

「なんだろう、おやつかな？」

どういう育ち方をしていれば猫の発情ボイスからおやつを連想するのだ。

ゴードン夫婦はアリーシャにおやつを与え、夢中になっている間にこっそり合体しているのだろうか。だとしたら妙な刷り込みを植え付けられているな。

「まぁおやつは声を出さないと思うけど」

将来は俺が君のおやつになって声を出すと思いますが。

そこで何気なく周囲を見渡すと、先ほどまで一緒にいたはずのルイスがいなくなっていることに気付く。

「あれ、そういえばルイスはどこにいるんだろう……ルイスー？」

声をかければすぐに寄ってくるルイスが反応しない。

「あれ？　ルイスー、どこにいるんだーい？」

台所には見当たらず、二階にでも行ったのかと階段へと移動する。その前にまさかと思い一度玄関を見ると、あるはずのルイスの靴がない。

「やぁあああ！」

では外から聞こえるこの声は……。

「ルイスの声だ！」

いつの間にルイスは外に出て行ったのだ。ルイスとアリーシャを守ると、大見得を切っておいて留守番が始まって間もなくこれとは。俺の精神は本当にアラフォーか！

「行ってくる！」

「私もいくー！」

アリーシャ、悪いが今はそれどころではないんだ。

イクとかどうとか、そういうワクワクするワードはあとで聴かせておくれ。

玄関の扉を開けて外へ飛び出すと、庭の隅に生えている樹の下にルイスはいた。

その樹は俺が突きの練習をするための的が巻かれており、ルイスはその的が気になって外に出て行ってしまったのかもしれない。

「よかった、庭の中にいてくれて……」

この的の代わりに自分が巻かれれば兄さんに突いてもらえるかもしれない……。そんな妄想をしていたのだろうな。ふふ、可愛い弟《いもうと》じゃないか。

だがルイスの様子がおかしい。ルイスは座り込んではいるが、的を見てはいないのだ。

「どうしたんだいルイス、こんなところで何を……えっ」

「ウウゥッ！」

「やぁー！」

座り込んでいるルイスの視線を辿《たど》ると、その先には樹の陰に紛れた黒い魔物がいた。

そいつは図鑑で読んだことのある狼型の魔物だった。

まだ幼体だが、子供の俺からすれば十分な大きさに見える。

それがどうして家の庭に入ってきたのかはわからない。

わかるのはその魔物が牙と敵意を剝《む》いて、今にもルイスに襲いかかろうとしているということだけだ。

「ルイスッ!!」

玄関の横に立てかけてある自分用の木剣を手に取り駆ける。愛する弟が襲われているのだ。考えている暇なんてない。

「ルイスから離れろバター犬！」

常日頃からアリーシャのバター犬になりたいと考えていたからか、それとも慣れない感情の昂《たかぶ》りに混乱していたからか、普段は絶対に口にしない言葉を吐いて突進する。

ガアッ、と魔物が一吠えしてこちらに振り向き、姿勢を低くして構えを取る。

走る勢いに任せ、その横っ面目掛けて木剣を振るが、軽い身のこなしで躱《かわ》されてしまう。

「にいたん！」

たん呼びは初めてされたが、割とグッと来るものがあるぞルイス！

「こいつは僕に任せて家に逃げるんだルイス！　アリーシャもだ！」

じゃあアリーシャは僕に任せてください。そう言って寝取るのは無しだからな！

魔物から視線を外さずに木剣を構え、魔物の意識を俺に向けるために木剣を揺らして注意を自分にひく。

その間にルイスは這《は》って動き出し、玄関の方へ逃げていった。

思惑通り、魔物もルイスには興味がなくなったようで俺を睨みながら唸《うな》っている。

さて、ここからが問題だ。

成人男性であっても人間は犬猫にすら勝てないという。

とある有名な空手家は、人間は日本刀を持ってやっと猫と対等だと言ったらしい。

それが魔物ともなれば、子供の俺ではまず勝てないだろう。

「さぁて……どうするかな」

だが父さんたちはそんな魔物の相手をしてこの家を建てたのだ。父さんと自分を比べるなんて烏《お》滸《こ》がましいかもしれないが、剣を持てば俺にだって戦えるはずである。

人間やってできないことと焼いて食えない物はない。

性交渉だってそうだ。やれないと思っていてはいつまでたってもやれるわけがない。

そう、いつまでも前世のような受け身な男のままではだめなのだ。

やるなら今しかない、アリーシャ、今すぐ合体しよう！

……待て、落ち着け俺。そうじゃない、今はそういうことを考えている場合ではないだろ。

「ふぅ……」

息を軽く吐いて自分を落ち着かせ、魔物の動きを注視する。

初めは大きく見えた魔物も、落ち着いてよく見れば中型犬よりも少し小さい程度であった。

唸って威嚇しているのも実のところ怯《おび》えているからかもしれない。

アリーシャにお馬さんごっこで尻をぶたれるのは趣味だが、動物に暴力を振るうのは趣味じゃない。だが相手は魔物で、下手をすれば自分たちが殺される可能性があるのだ。妙な愛護精神は捨てよう。

俺はアリーシャと家族を守るために剣の稽古を積んできた。

今こそ、その成果を発揮する時がきたのだ。

「上段……いきます！」

素振りの要領で剣を振り、魔物の頭を狙う。

手加減などない全力の一撃だ。

しかし内心は怯えが動きに出てしまう。踏み込みは甘く、あっさりと躱され、踏み込んでしまった分、魔物との距離が縮む。至近距離で魔物と目が合い、一瞬だけ怯《ひる》んでしまった。

それがいけなかった。その隙を突き、魔物は猛然と襲ってきたのだ。

「ううわぁ！」

慌ててしまい型も何もなく木剣を振りまわすことしかできなかった。

みっともない姿をさらしているのはわかっているが、それどころではない。

「ギャウン！」

振り回した木剣が運よく魔物の鼻の先端に当たり、痛みのせいか魔物が怯んで後ろへ下がる。

「ウゥゥッ!!」

しかし先ほどよりも怒りのボルテージを一段階あげているように見える。

どうやらこいつはぶたれると興奮するタイプのようだ。

「ハァハァハァ……」

剣術を習っていると言っても、俺は父さんのように樹に穴をあけることもできなければ、アリーシャの穴に入れることもできない童貞のままだ。

だがそんな俺でもできることが二つある。

「おう!!」

一つは声を出すことである。

何はできなくとも声は出せ。声を出すことで自身を鼓舞《こぶ》し、相手をすくませれば有効な牽制になるとゴードンさんは教えてくれた。

子供なので声帯もまだ成長していないので、威嚇するにはいかんせん迫力が足りな過ぎる。それでも戦いにおいて自分を昂らせるのは大事なことだと言っていた。

「おうおうッ!!」

そしてもう一つが突きだ。

父さんが教えてくれた必殺の突き。命の取り合いにおいては、剣術の基本は斬ることではなく突くことだと父さんは言っていた。

最短距離で敵へと剣を届けることができ、体重が乗せやすく非力な者でも致命傷を与えることができるという。

夜な夜な母さんを突きまくっている父さんが言うのだ、間違いないはずだ。

闇雲に振り回していた木剣を正眼《せいがん》に構え、やや下げる。

やたらとすばしっこい相手だ、俺から仕掛けても突きは躱されてしまうだろう。

襲ってくるのを待ち、引き付けてから突きをくらわせてやろう。

これは対アリーシャ戦でも同じことが言える。俺からぐいぐい行くのではなく、アリーシャをその気にさせて襲うように誘導し、誘いに乗ったところで、しめたものよと突きまくってやるのだ。

「応ぉぉぉぅッ！」

いかん、アリーシャとの未来を妄想して気合が入り過ぎた。

落ち着け、落ち着いて御膣を突くことは一旦忘れるのだ。

俺の気合の入り過ぎた声に反応したのか、魔物が唸り声をあげて向かってくる。

軸を合わせ、飛びかかる魔物へと渾身の突きを放つ。

手応えは重く、木剣を落としてしまいそうになるのを堪え、魔物の喉元に深々と刺さった木剣を気合を入れて押しぬく。

「こなくそぉ！」

「ギャワン！」

その場に落下した魔物が遅れて鳴き声を上げ、先ほどよりも距離を取って尻尾《しっぽ》と耳を下げて鳴き続けている。

一歩前に踏み出すと魔物は下がり、大きく距離を取って辺りを見渡している。逃げ道を探しているのだろう。

「帰れッ！」

一喝《いっかつ》し剣を振ると、魔物は慌てて庭から飛び出していった。

物分かりの良い魔物でよかった。俺も将来は舐めろと言われれば喜んで舐める、そんな従順な犬になりたいものだ。

バター犬の背中を見送っていると、何者かが後ろから抱き着いてきた。

「ユノくん大丈夫⁉」

抱きついてきたのはアリーシャだった。

俺は木剣を落とし、浮いた手をどこにやっていいかわからず宙を彷徨わせる。

「あ、ああ、なな、なんともないよ」

悲しいかな、童貞の俺にはこういう時、どうすることが正解なのかわからない。

アリーシャは抱きついたまま器用に前側に回ってくる。

「ユノくんすっごくかっこよかったよ⁉」

かっこよかった……美少女から放たれるその言葉の響きはなんと甘美なことか。

前世では周囲の女子からは、ほぼ無関心を貫かれていた。

これだよ、これ。こういう反応をしてくれる女子を俺は待っていたのだ。

さぁ俺の股間も見てくれないか。もっとかっこいいんだぜ。

「そ、そんなことないよ。今でも怖くて震えているぐらいさ」

つまり今の俺の股間はバイブレーション機能を搭載していることになる。

どうだ、試してみるかい？

「いつもは優しいのに本当は強いんだね！　凄いかも！」

おいおい、そんなこと言われると股間の優しくて強い場所が凄いことになっちゃうぞ。

や、調子に乗ってはいけないな。今アリーシャが褒めてくれているのは今までの努力があったからこそである。

童貞を捨て、子をなすのが俺の目的なのだ。調子に乗らず、これからも努力を続けよう。

「まだまだだよ。僕はもっと強くならなきゃいけないんだ。家族とアリーシャを守るために……」

真面目な話、魔物が闊歩《かっぽ》するこの世界で生きて行くためには生半可な力ではすぐに死んでしまうだろう。

童貞を捨てるとか以前に、まずはこの世界で生き抜くだけの力が必要なのだ。

「ユノくん……」

なんだ、アリーシャの顔が赤いな。平たく言えばエッチな顔をしている気がする。

まだ子供だというのになんという色気を出すのだ。これは将来えらいことになり、エロいことになりそうだな。俺が。

「顔が赤いけど、熱でもあるのかい？」

「ううん……なんかねー変な感じがするの」

ははぁん、さては犬っぽい魔物を見て交尾を連想したんだな？

だが無知なアリーシャにはそれが何だかわからなかったのだ。

いやしかし、それでは辻褄が合わないというか荒唐無稽がすぎるな。ではどうして——。

「兄さん！」

抱き着いて離れないアリーシャの肩越しから、女の子の様な顔のルイスが目を潤《うる》ませて俺を見ていた。

「ごめんなさい、ボクのせいで兄さんが危ない目に……」

可愛い弟《いもうと》のためだ。兄さんは、お前のためならどんな危険な目にあおうとも構わないし、女の子が危険な日だろうとも勃《た》ち向かってみせるよ。

「ルイスは僕の大切ないも……弟だ、守るのは当たり前だよ」

服の裾を摑み涙目で俺を見るルイスが可愛すぎて、妹と言いそうになってしまったぞ。

「兄さんは……ボクなんかが大切なんですか？」

「ん？　当たり前だろ、ルイスは僕の大切な家族なんだから」

ルイスは潤んでいた瞳からぽろぽろと涙を流しはじめ、ただ俺を見つめている。

「兄さんは頭の良いひとです。だからボクなんか見ていないと思っていました」

見ているよ。お前の将来が楽しみで仕方ないんだ。

大きくなったら、色んな美女をつれてきてくれ。

「んー！　んー！」

アリーシャは空気を読まず、抱き着いたまま離れず首元をずっと嗅いだりおでこを擦り付けたりしている。

もう俺も勢いでアリーシャの首を舐めてやろうか。少し舌が当たってしまった程度なら不審がられることもないだろう。

それにアリーシャのことだ「じゃあおかえし！」などと言って舐め返してくれるかもしれない。

俺は命を賭《と》して魔物と戦い、そして勝利したのだ。それぐらいのご褒美をいただいても罰は当たらないはずである。

「良い匂いー」

俺の首元を嗅いでいる隙にアリーシャの首に顔を近づけようとしたが、背後から何かが転がるような音がし、俺はびくりと跳ねる。

「こんなところで何、を……」

アリーシャに抱き着かれたまま首だけで振り向くと、白い顔を青く染めた母さんが立っていた。

足元にはいかにも魔術師らしい木の杖が転がっている。

ギルドからのお仕事は丸一日あるはずだったが、どうして今ここに。

「ま、まさか外で、ユノが、女狐に……犯され、て……」

犯されるってあんた。

「か、母さん？」

「ねと、られた……」

そのまま母さんは膝から崩れるように倒れた。

アリーシャが俺に抱き着いていたことが気絶するほどショックだったようだ。


母さんの病気は末期だな。

【第五章】異種との遭遇

アリーシャに抱き着かれているのを見られて以来、母さんに束縛される日々が続いていた。

六歳になった今も、母さんの膝の上で抱きかかえられながら本を読んでいる。

「母さん、剣の稽古をしたいのですが……」

「稽古は朝したでしょ。それ以上はゴードンみたいになってしまうから駄目よ」

ゴードンさんみたいに逞《たくま》しくなれるなら喜ぶべきじゃなかろうか。

「稽古ばかりでは駄目、このまま本を読んで知識を増やすことも大事なのよ」

なるほど、ゴードンさんのように脳味噌まで筋肉になっては困ると心配しているのか。確かに乳首まで鍛えていそうだし、この前も頭痛のことを頭が筋肉痛だとか言っていたもんな。

「最近は魔物が町の中に入ってくるという噂も聞いたわ。それに外に出せばまた女狐の毒牙にかかる……ユノは私のものよ……」

中に入るとか外に出すとか、そわそわするワードを小声で言わないでほしい。

「母さん、僕は父さんみたいに強くて立派な冒険者になって、みんなを守りたいんです。だからせめて読む本は魔物の図鑑にしたいのですが――」

「この匂いは私だけのものよ……」

聞いていないな。母さんは先ほどから狂ったように俺の後頭部の匂いを嗅いでいるが、そんな暇があるならば父さんと乳繰り合って妹ちゃんをこさえてほしいものだ。

「兄さん、図鑑とはこの本であっていますか？」

厚みのある魔物の図鑑をルイスが両手で差し出してくる。

魔物から助けて以来、ルイスは以前にも増して俺に懐いているように思う。

それこそ神に仕える信徒の様に……というのは大袈裟か。

「うん、これだ。ありがとうルイス」

「ありがとう、ですか……兄さんのためならばお安い御用ですよ。ところで、実はわからないところがあって、これは何て読むのですか？」

ルイスが読んでいるのは……辞書か。俺が読んでいたのを真似しているのかもしれないが、それはこの人生でスタートダッシュを決めるためだ。

なぜ前世の記憶もないはずのルイスが、いつも辞書を読んでいるのだろう。

五歳児で好きな本が辞書とか、ある意味こいつは変態だな。

「これは信仰、しんこうと読むんだ。神様を信じることや、自分にとって絶対的な何かを尊ぶ、うーん簡単に言うと尊敬することの最上位かな」

ルイスは非常に賢い子に育っている。

俺の真似をして本を読み続けているが、その吸収速度は異常の一言だ。

家族は俺を天才だと思っているようだが、俺自身はルイスこそ真の天才だと確信している。

「つまりボクは兄さんを信仰しているわけか……」

それは重いからやめて。せめて尊敬ぐらいでとどめてくれ。

「前から気になっていたんだけど、ルイスはどうしてそんなに勉強をするんだい？　学者にでもなりたいのかな？」

その甘いマスクを活かした男娼じゃないのかい？

「当然兄さんの役に立つためです」

即答で重いことを言うな。

余計なことを聞いたせいで、信仰しているという言葉に現実味が足されてしまった。

「やあ、僕なんてそんな大したものじゃないよ。世の中には僕なんて足元にも及ばない、もっとすごい人がいるものさ」

目の前にいるお前の方が既に凄いからね。

「あはは、兄さんは冗談も上手いですよね！　兄さんが及ばぬものなんて空に浮かぶ星々ぐらいのものですよ。それも物理的に届かないというだけで、兄さんの魅力は輝くだけの星など遥かに凌《りょう》駕《が》していますから」

「いやいやいや……」

駄目だ、完璧に妄信している。

この調子だと、そのうち俺の吐いた唾にも意義や存在価値を見出すのではないか。

「今はまだ兄さんの足元にも及ばないボクですが、いつかは兄さんのつま先が拝めるほどの男になれるようになりたいと考えています。見上げるほど大きな兄を持てて、ボクは幸せです」

俺はお前に頭が上がらないよ。上げられても亀頭ぐらいだ。

「ンフー、あー以前にも増していい匂いがするわねー、早く大きくならないかしら」

唐突に母さんがそんなことを言う。大きくなったら何をするつもりなのだろう。

俺の童貞の収穫はアリーシャという農婦に一任してある。

母さんの出る幕はないし、アリーシャの膜は俺のものだ。

「大きくなったらと言えば、僕はルイスの将来が楽しみです」

俺に話題が集中するのは居心地が悪い。話の的をルイスに移そう。

「に、兄さんがボクのようなちっぽけな存在に、期待をしているんですか?」

ルイスは俺の言いつけは必ず守り、勉強も積極的にする。

子供なだけに善悪の判断がまだはっきりとはつかないようだが、俺が駄目だと言ったことはやらないし、頼み事は忠実にこなす。

特に善悪の判断がつかないという部分は特筆するべき箇所であるが、それもじきになおるだろうさ。

「これだけ優秀なんだ、期待しかないよ」

ルイスの将来を想像するに、間違いなくモテるだろう。

だがいくら可愛い弟であっても、俺より先に童貞を捨てたなら兄弟の縁は無いものと思っていただきたい。兄より優れた弟など存在せんのだ。

「……ご期待に応えられるよう、命を懸けて精進します。期待に応えられないようであれば、どうそこの首を跳ね飛ばしてください」

だから重いんだって。

「首なんか飛ばさないよ。僕より長生きしてほしいぐらいさ」

「王だ……王の器だ……」

ルイスは涙ぐんでぶつぶつ言いだし自分の世界に入ってしまったので、会話をそこで中断して魔物の図鑑を読み始めることにした。

本を開くと同時に、玄関のドアをノックする音が聞こえ、意識はそちらへと向く。

誰だろう。扉を叩くなんてとんだサディストだな。

「玄関からこんにちはー！」

この元気な声、頭の悪そうな挨拶、間違いなく幼馴染のアリーシャだ。

ということは扉を叩いたのはアリーシャか。ならば扉ではなく俺の尻を叩いてもらおう。そういう遊びもあるということを教えてやる。

「ユーノくんあーそぼ！」

いいよ、ユノくんの遊棒《あそぼう》で遊ぼー。

「来たわね……」

母さんは怯えたような声音《こわね》で呟き、ギュッと護るように俺を抱く。

我が子の幼馴染が遊びに来ただけだというのに、この余裕のなさは尋常ではない。

「母さん、アリーシャが来ましたよ？」

母さんが俺を離そうとしないのは百歩譲っていいとしよう。しかしお客様がいらしたのに玄関を開けに行くことはおろか、返事も挨拶もしないというのは如何《いかが》なものか。

「しっ……」

指を口に当てているのは、口でしてあげるのサインではない。静かにしていなさいと言いたいのだ。

息を潜めて居留守を決め込もうというのか。なんて姑息《こそく》な。

「……ユノ、今日はおうちで私とルイスとで遊びましょう。だから今は静かにして、魔が過ぎるのを待つのよ」

魔って。きっと母さんにはあの可愛いらしい少女の声が、息子を連れ去る悪魔の咆哮《ほうこう》にでも聞こえているのだろう。

「いるんでしょー！　あそぼー！」

「火の神より零《こぼ》れし裁きの炎よ、災厄を招く淫魔を討《う》ち祓《はら》いたまえ――」

母さんが魔術の詠唱を始めている。

そんな文言聞いたことないが、魔術詠唱って毎回違うものなのか？

さすがにまずいので少女の命を守るため俺が返事をしておこう。

「はーい。少々お待ちくださーい」

「そ、そんな！　どうして!?」

息子の裏切りがあまりにも衝撃的だったようで、俺を抱く腕の力も抜けている。

「獅子身中《しししんちゅう》の虫……」

大好きな息子に虫はないと思う。

前に伸ばしていた手から魔術が消えているのを確認し、力の抜けていた母さんの片腕からするりと抜け出し玄関へと走る。

後ろから「あっ」という、何とも悲壮感溢れる声が聞こえ、罪悪感がじわりと胸にしみるが、お客さんをいつまでも放っておく方が問題だ。

焦らしプレイはポリネシアンセックスの始まりとも言える。このままアリーシャを待たせるのも悪くはないが、母さんがいるのでそんな余裕はない。

「もう少々お待ちくださーい」

しかし子供の足では玄関までの距離は長い。到着した頃にはメンタルを回復させた母さんが後ろに立っていた。

「どちらさまですかー」

誰がノックしたかはわかっているが念のための確認をする。

「はい！　私です！」

俺は名を名乗れと言っているのだよ、お嬢さん。

このまま教育を兼ねて名が言えるまで待つのもいいが、それも酷な話だろう。

そんなものは後でゆっくり教えてあげればいい。今は先に股を開けて……失礼、玄関を開けてやろう。

「はいどうぞー」

教育ではなく性教育を施したい気持ちを抑え、重い木製の扉を開けてやると、アリーシャは笑顔のまま待っていた。

「お邪魔します！」

「邪魔するなら帰りなさい」

揚げ足の取り方が非常に雑だ。母さんはそこまでアリーシャが憎いか。

「えっ？」

アリーシャは玄関で可愛らしく首を傾げている。

何を言われているのかわからないといった様子だが、何が面白いのかにこにこ笑っていた。

「えっ？」

母さんが首を傾げ、赤茶の長い髪が横に流れる。

どうやらアリーシャの真似をしているようだ。

さらさらの長い髪に豊かな胸と整った容姿。きっと父さんは体のラインの出る扇情的な魔導師衣装で迫られ、股間の大剣をたちまちのうちに奪われて、なすすべもなく俺を仕込まされたのだろう。

なんとも羨《うらや》ましい話ではないか。俺もいつかは母さんの様な美魔女に滅茶苦茶に犯されたいものである。

「――じゃないわよ。名も名乗れないような非常識な子と、うちの可愛いユノは遊ばせません。間違った常識を植え付けられたらたまりませんから」

面白い。居留守をしたあげく、ばれた途端に六歳女児に魔術を放とうとした母さんが常識を語るか。

「あ、そうか！　えーっと、私アリーシャ五歳か六歳です！　好きなものはユノくんです！」

母さんは自己紹介しろと言ったわけではない。

だが勘違いしたアリーシャは全力で俺への愛を込めた自己紹介をぶつけてくる。

魔物からルイスを救ってからというもの、アリーシャも俺に対して真っ直ぐな愛を隠しもせずにぶん投げるようになった。

これも見事なデッドボールだ、出塁《けっこん》しよう。子供は九人こさえて、俺たちの子供だけで野球チームを作るんだ。

それと君は六歳だ。

「我が願うは火の神の炎矛。汝《なんじ》は我が下僕、その炎矛で全てを焼き滅ぼし天へと至らん。汝新しき日輪の礎《いしずえ》となれることを誉《ほまれ》とし――」

母さんがさっきよりもヤバそうな魔術詠唱を始めている。

どんだけアリーシャを消したいんだよ。

「母さん待ってください」

「ユノ止めないで、この女は悪い魔女なのよ。ここで消しておかないと後々の禍根《かこん》となるわ」

六歳児を女って。

友人の娘さんを害そうとするあなたの方が余程悪い魔女だ。

「母さん、僕は母さんが好きです」

「私もよユノ。両想いね、大きくなったら結婚しましょう」

興奮して頭がおかしくなってしまっているな。

だいたいそれは子供が親に言う台詞だ、父さんが聞いたら泣くぞ。

「ですが……暴力的な母さんは少し嫌いです」

「き、ら……うーん……」

母さんは俺の言葉を受け、笑顔のまま膝から崩れるように卒倒した。

笑顔のままなのでとても安らかだ。

「また強い言い方をしてしまったかな……」

「母さんなら起きたら忘れていると思います。それよりも兄さん、今日はどこかにでかけるのですよね」

母親が倒れているのに「それよりも」ってお前。確かに最近は日常的に気絶しているようにも思うが、もうちょっと心配してあげてよ。

「ボクも一緒について行ってもいいですか？」

最近は母さんに引き留められて室内でしか遊べなかったことを窮屈だと感じていた。ルイスはそれを察して俺とアリーシャが出掛けるだろうと思い、一つ先の話を始めたのだろう。

童貞を捨てられる男というのは、こういう洞察力も優れている男なのだろうな。

「うん、もちろんいいけど――」

ちょっと待てよ、一緒について行くだと？

もしやこの弟、アリーシャを一緒に突いてイキたいとかそういうことを言っているのではあるまいな。

兄である俺を差し置いて、一つ先どころか五十も百も先を行こうとしているのか。

可愛い顔をして兄から女を奪おうとは、いい度胸をしているな。

「言うまでもないと思うけど、いい子にしているんだよ」

アリーシャに手を出してみろ。尻穴で五十も百もイかせてやるからな。ゴードンさんが。

「もちろんです！」

笑いながらお辞儀をするルイスの笑顔に裏はないかと警戒しつつ、言葉の暴力で玄関に沈んだ母さんを廊下へと引っ張り、毛布を掛けてから家を出る。

「ルイスはいいなぁ、ユノくんと一緒の家で。そうだ、うちのお父さんとユノくんを交換しよ？」

街へと向かう畦道の途中、アリーシャが唐突にトレードの交渉をルイスと始める。

俺としては望むところだが、我が家にゴリラを飼育するほどの余裕などあるだろうか。

「断る」

にべもない返事をするルイスだが、これもいつものことである。

ルイスと母さんはアリーシャだけには妙に冷たいのだ。

「そうだよねー、残念だなー、でもやっぱりユノくんが欲しいなー」

アリーシャは髪に結わいた白いシュシュをいじりながら、クリーム色のロングキャミソールから健康的な腋を露出させている。

胸についた小さなリボンはシャーラさんがつけてくれたのだと、女の子らしく嬉しそうに自慢していたのを覚えている。

いつもにこにこと笑っており、元気一杯、頭空っぽ。天真爛漫が服を着ているような子だ。

「ユノくん、今日はウヤマラにいこうよ！」

ウヤマラとはなんだ。男根信奉のある村が崇《あが》める土着神か何かか？

ゴードンさんがウヤマラ様の祟りで勃起不全にされてしまい、その呪いを解くための冒険に行きたい……そういう話だろうか。

いやわかっている、アリーシャは裏山と言いたかったのだ。

「ウヤマラではなく裏山ね。あそこは危ないから子供だけで入っちゃダメだって父さんに言われているんだ。大人の言いつけはちゃんと守らないとね」

アソコは危ないから子供は入っちゃダメって、自分で言っておいて何だが、途轍《とてつ》もなくそそるワードだな。

男は危険な匂いに惹かれるもの。入っちゃダメと言われると入りたくなるのだ。

いずれはアリーシャの入ってはいけない場所にもお邪魔させてもらうからな。

「そうなの？　じゃあ今日から子供をやめます！　はい、アリーシャは大人になりましたぁー！」

ではどこが大人になったか見せてもらおうか。

アリーシャだけ見せるのはフェアじゃないので俺の子供な部分も見せてやろう。

今後は互いの股間の成長記録をつけて一緒に楽しもうじゃないか。

「なら、おやつは子供が食べるものだから、もうアリーシャはおやつを食べれないね」

「アリーシャはたった今子供にもどりましたー！」

アリーシャが見せた屈託のない笑顔は童貞の俺には眩しすぎる輝きを放っていた。

それはまるで太陽を思わせる眩い笑顔。穢れきった俺の心が洗われていくのがわかる。

サンシャインなアリーシャのマンシャインを浴びて股間に咲く花をすくすくと成長させたい……

いや、子供相手に何を考えているんだ俺は。

なんだよ六歳の大人の部分を見せてもらうって。

タイムマシンがあったらさっきまでの自分をぶん殴りに行きたい気分だ。

「裏山はだめだから今日は街に行こう。市場もひらいているから何か珍しいものが見つかるかもしれないし」

「うん、ユノくんとだったらどこでもいくよ！」

どこでもイクか。やはり癒しだな。

この子の隠しもしない全力の好意は俺の乾いた童貞《こころ》に癒しを与えてくれる。

いつかは俺とアリーシャは結婚し、子をなして、目的を達成するのだろう。

アリーシャは事あるごとに、「将来はユノくんと結婚するの！」と言い、ゴードンさんの眼光を鋭くさせているので、俺を好いてくれているのは明らかだ。

だが俺は知っている。思春期にも突入していない幼い子供が、何も知らずに結婚の約束をするととんでもないフラグが立つことを。

それは大まかに分類すると二つのフラグに分岐する。

一つは、本当に結婚するパターンだ。

それはいい。そんなに素晴らしいフラグならば今すぐに立てた方が良いに決まっている。

しかしそれこそが罠であり、厄介なもう一つのフラグを立たせる要因となる。

二つ目のフラグはこうだ。

――高校生になった俺とアリーシャは別々の高校へ進学する。

ある日のバイト帰り、街灯の少ない暗い夜道を歩いていると、アリーシャが見知らぬ男と公園でキスをしているところに遭遇してしまう。

疎遠になっていたはずのアリーシャではあったが、彼女に対する恋心は依然俺の中でくすぶっていた。

キスをした後に笑っているアリーシャを見て、俺はナイフを胸に突き立てられたかのような痛みを感じ、二人に気付かれる前にそっとその場をあとにする。

後日、アリーシャがキスしていた男と手を繋いで歩いているところを見かける。

今度はアリーシャもこちらに気付いたようで、手を振って走ってくる。

絞り出す様に、「よう……」と陰気な挨拶をして、俺はそそくさと退散しようとするのだが、アリーシャは「ユノくん、この人は私の彼氏なの」と聞いてもないことを説明し、俺の壊れかけた心へ追い打ちをかけていく。

「あ、こんちは！　話はいつもアリーシャから聞いてます。よかったら一緒にご飯でもどうですか」

などと軽いノリで彼氏にも話しかけられてしまい、これがまた意外といい奴なので、うっかりその場で話し込んでしまい結局断りきれずにファミレスへ行くことに。

そこで二人がいちゃつく様を散々見せつけられ、ストローの入っていた紙袋を結ぶぐらいしかすることのなかった俺は、ふと二人が薬指にお揃いの指輪をしているのに気付いてしまう。

俺はやりたいゲームを買うためにバイトをしているが、アリーシャの彼氏はこの指輪を買うためにバイトを頑張ってきたのだろう。

そう考えると自分が酷く惨《みじ》めな存在に感じてしまい、それ以上その場にいることができなくなり、注文した分よりも少し多くの金額をおいて帰るのであった。

ファミレスから、二人から逃げ出した後、公園でブランコに座り暗くなった空を見上げ一人呟く。

「あの日に交わした結婚の約束なんて、所詮はただの口約束だったんだな……」と——。

そんな心臓を抉られるような『寝取られ』フラグが罠として構えているのだ。そう易々《やすやす》と結婚の約束などできるものか。この世界にファミレスに該当するものがあるかはわからないし、ブランコがあるかも知らない。

だが無い物を補いながら、それに近い結果を生むだろう。

それがフラグの強制力というものなのだ。

であるからして、アリーシャに結婚を迫られても難聴系鈍感主人公になりきって答えをはぐらかし、有耶無耶《うやむや》にしてやり過ごすのが最近の日課となっている。

生涯の伴侶を決めるというのは一生ものの決断だ。慎重になってもなりすぎるということはない。

確実にアリーシャをものにするため、今は我慢の時なのだ。

「ユノくん、またむずかしい顔してるねー」

にこにこ笑いながらアリーシャが顔を覗き込むように見てくる。

天使かな？

「でもむずかしい顔のユノくんも好き！」

間違いない、天使だな。

だがここで俺も好きだと言えば、恐ろしい寝取られフラグが立ってしまう。

股間は立ててもフラグは立てるな。あやふやな返答をしてから話題を変えよう。

「ありがとう嬉しいよ」

「えへへぇ」

もう！

そんな可愛い笑い方をして！

新しい話題を振ろうと話の種を探すも、アリーシャが可愛すぎるため夫婦となった二人を妄想して子種を蒔《ま》くことしか思いつかない。まいったな。

「お前が兄さんに惚れるのは勝手だが、兄さんに恥をかかせるような真似はするなよ――」

特に話題も思いつかないまま、ルイスがアリーシャに小言を言っているのを聞きながら歩いていると、街の入り口が見えてくる。賑やかな声も聞こえ始め、ルイスも小言をやめて前を向いた。

「はぐれないように」

ルイスの手を繫いでやると神様を見るような目で俺を見ていた。

「兄さんはいつもボクを心配してくれている……ボクも兄さんのような立派な男にならなければいけませんね」

弟と手を繫いだだけで立派になれるのか。お前の立派に対するハードル低すぎるだろ。

「私もユノくんと繫ぐ！」

強引に空いた右手を奪って指を絡ませるアリーシャ。

前世では経験したことのない恋人繫ぎである。

抑えろ……落ち着け……この程度のことで取り乱してどうする。いずれはアリーシャをベッドの上で乱れさせるのが俺の務めなのだ。一々反応しているようでは先が思いやられるぞ。

恋人繫ぎなどセックス道における登竜門みたいなもの。その先にある放尿門を拝むまで、理性を保ち続けるんだ、ユノ。

「そうだにぇ。みんなで繫がっていれば迷子にならないもんにぇ」

興奮しすぎて気持ち悪い噛み方をしてしまったな。

「私はユノくんとずーっと繫がっていたいなぁー」

ルイス、手を繫いだ程度じゃ立派ではないと思っていたが、それは訂正しよう。

兄さんはアリーシャと手を繋いだだけで股間が立派になりそうだ。


しばらく歩くと、街の広場は人でごった返しており、賑やかな市場が見えてくる。

前世では人ごみは得意ではなかったが、この世界のこの雰囲気は嫌いではない。

何と言ってもこの活気が良いのだ。

この喧噪《けんそう》の中なら遠隔ローターの音も、人の声に紛れて聞こえまい。

「兄さん、あのひとがさっきからこっちを見ています。危ないひとでしょうか」

こらこら、人に指をさしていいのはセックスの時だけだぞ。

「ルイス、ひとに指をさしてはだめだよ」

「ご、ごめんなさい……」

とはいえ見ないわけにもいかないので、ルイスの指さしていた方を見る。そこにはグレーのマントを着た男が、フードを深く被って確かにこちらを見ていた。

「知り合い……じゃないよね」

大人の知り合いなど俺にはそういない。フードから覗く色素の薄い金髪が肩からはらりと落ちると、その男はこちらに歩み寄ってきた。

この辺りで金色の髪の人間は珍しい。外国のひとが道にでも迷っているのだろうか。

明らかに不審者ではあるが、この市場には多くの人が集まっているので妙なことはできまい。

特に中央にあるこの噴水の前には休憩をしている買い物客や、噴水の中で遊んでいる子供たちもいる。

いざとなれば大声を出して助けを乞《こ》おう。

「君」

フードを被った男は俺の前に立って声をかけてくる。

叫ぶ準備はできている。いつでもそのマントをひろげてフラッシュするといい。

「はい、どちら様でしょうか」

さっきから何を見ているんだと喧嘩腰にはならず、態度を軟化させて丁寧に対応する。

人は第一印象で九割決まると前世で読んだモテ男必読本には書いてあった。

だが、いかにもモテそうなルイスが今にも噛みつきそうな目で男を睨んでいる。

「子供だけでこんなところに来ているのかい？」

「いえ、両親がすぐそこで買い物をしています」

相手の真意はわからないが、親がいるかどうか聞いてくるのは警戒した方が良い。

いないとわかった瞬間に誘拐される……などという可能性もあるからだ。

「そうか」

男は俺の返答にさしたる興味もないような返事をする。

興味がないなら聞くなと言いたい。

「あの、用事がないならば僕たちはこれで」

不気味な男だ。何が不気味かって、フードの中の顔が整いすぎている。

アリーシャが惚れてしまう前に一秒でも早くこの男から離れたい。

「あーちょっとだけ話をする時間をくれないかい？」

「断る。兄さんは多忙なんだ。お前みたいな得体のしれない奴と話す時間は一秒もない」

そう、兄さんはこの世界で子をなすために今後腰の休む暇も愛棒が乾く間もないほど忙しくなるだろう。

だがルイス、喧嘩腰なのはよくないぞ。逆上されて襲われたらどうするのだ。

その腰の激しさは、ゴードンさんにでも発揮してあげなさい。

「ルイス、そんな乱暴な言葉を使ってはいけないよ」

使っていいのはそういうプレイの時だけだ。

「うっ……ごめんなさい兄さん。今日はこれで二度も叱られました。いかなる裁きでも受けますのでお許しください」

裁かれたら許されてないだろ。それと一度や二度注意されたぐらいで涙ぐまないでくれ。

「すまない、この国には不慣れなので、言葉に違和感があるかもしれないが許してくれ」

違和感があるのはその怪しい格好だ。どう見ても不審者の変質者じゃないか。

それになにを当たり前の様に話を進めようとしている。周りには俺たちだけではなく大人もいるのだ、道を尋ねたいならば大人に聞け。

それをしないということは……さてはこいつロリコンだな？

アリーシャの幼いながらも溢れる色気と可憐さに誘い出された変態性欲者か。

そういうことならば俺が教えられる道は二つだ。

一つは真っ当に生きろと、正しい道を示すこと。

そしてもう一つは牢屋への道だ。大人しくお縄につけ。

「……ここだけの話にしてほしいのだが」

そらきた。私は小さい子供に目がないんだ、とか言うのだろう？

親近感は湧くが、どんなに正直に言われてもアリーシャだけはやらんぞ。

その子が欲しいと言った瞬間に大声を出して喚き散らしてやる。

「実は私は勇者を探しているんだ」

「勇者ですか？」

真面目な顔で何言ってんだこいつ。脳味噌異世界ファンタジーかよ。

「そう、勇者だ。それで君たちに質問なんだが……勇者を見なかったか？」

前世の世界を引き合いに出せば、確かにこの世界はファンタジーに溢れていると認めよう。

認めた上での話、勇者を見たかと子供に尋ね、「勇者ならあの辺りで見掛けましたよ！」などと答えられるほどありふれたものではない。

この世界では勇者とはおとぎ話に分類されるものであり、見たかどうかを尋ねるなど現実的ではない。

今の状況を前世で譬えるなら、公園のベンチに座っていた赤ら顔の中年男が突然立ち上がり、「君たち桃太郎を見なかったかい？」と遊んでいる子供たちに尋ねているようなものである。そして、お股につけたきび団子を食べてくれなどと子供たちに股間を晒《さら》すのだ。

そんなもの間違いなく事案だろう。

仮にこの世界に本当に勇者がいたとしても、そもそも俺は勇者の容姿など知らないので答えようがない。知らないことは知らないと素直に答えよう。

「申し訳ありません、僕は無知無学なためよくわかりません」

横でルイスが、「兄さんが無知？　やっぱり兄さんの冗談は面白いな」などと言って笑っているが、兄さんは大真面目だぞ。

「己の国を救った英雄を知らないのか？　では教えてやろう」

「いえ結構です」

優しいキスには優しいキスで、強引な奴には強引な切り返しで。

見るからに怪しい男とこれ以上長話などしたくはないのできっぱり断ろう。

「そう言うな」

「いえ、本当に結構ですので」

前世でゲームや漫画でも散々見聞きしたし、おとぎ話の本を幼い頃父さんに読み聞かせてもらったから、ある程度は知っている。

この国に危機が訪れると現れるっていう、よくあるやつだろ。今更興味はないぞ。

勇者は勇者でも、妖艶な魔女に誑かされた友人を助けるために、死を恐れず股間の性剣一本で魔女に戦いを挑み、そして勇敢にも射精して魔女を虜にした勇射の伝説とか、そういう夜伽話《よとぎばなし》なら真剣に耳を貸してやろうという気にもなるのだがな。

「まだこの国、ダンクルオスが今ほど豊かではなかった頃の話だ。主に世界は魔族と竜人族が統べていた――」

勝手に話し始めてしまった。させるか。

「魔族や竜人族に滅ぼされかけた時に勇者が現れ、それを救ったというおとぎ話ですよね」

「おとぎ話か……人族は生が短いので薄情であると聞く。同族で争い合うだけではなく、同胞を救った英雄まで切り捨てるか」

俺の精が短くて薄いだと？

子供だと思って馬鹿にしやがって。上等だ、アリーシャと長時間合体して濃いのを出し、そんなことはないと証明してやろうか。

「勇者は今も生きているかもしれないし、新しき勇者が生まれているのかもしれない。私は新しき勇者が生まれているという可能性に賭けている。そこの娘、お前はどう思う」

男は唐突にアリーシャへ話題を振り、まじまじと見つめて返事を待っている。

てめぇ、誰の女を見ていやがんだ。

このロリコン野郎、どっちが真のロリコンかここで白黒つけるか？

「……」

だがアリーシャは話に興味がないのか、屋台に並ぶイカ焼きを見つめている。俺もあんな風に股間のイカを熱心に見つめられたいものだ。

「本当に見たことはないか？　例えば時折光に包まれる子とか、子供とも人間とも思えない超越的な力をもっている子とか」

アリーシャに無視をされ、イカ焼きに負けた男は、いら立った様子も見せずに話を続ける。

そんな子供がいたら世間から浮くなんてレベルではない。

アリーシャが木登りをしておパンツ様を俺に見せつけた時は、スカートの中が本当に輝いて見えたものだ。手を伸ばせば届いてしまいそうな太陽《パンティ》を、俺は下から見上げ、合掌して拝んだものである。だがそういう話ではなさそうなので余計なことは言うまいよ。

「ふん、それで子供に聞いて回っていると？」

何故かルイスが怒っている。

「そうだ。子供同士ならもしかしたらと、そう思ったんだ」

本当かぁ？

とか言って美少女のアリーシャに近付きたいだけじゃないのかぁ？

「そんな馬鹿げた話は見たことも聞いたこともない。ボクたちは暇じゃないんだ、これで行かせてもらう」

これでイかせてもらう？

ルイスは本当に男娼を目指しているのかな？

「そうか」

そう言うと男は立ち上がるが、その拍子にフードが少し落ちかける。

男は慌てた様子もなく手早くフードを被り直したが、その長耳を俺は見逃さなかった。

整いすぎた容姿に長い耳……本で読んだことがあるぞ。この男、エルフだな？

以前エルフについて父さんに尋ねた際、冒険談を話してくれたことがある。人間の前に姿を現すことがほとんど無いエルフを、父さんは一度だけ秘境を冒険した際に見たことがあると言っていた。瞬きをする間にいなくなり、ゴードンさんには夢でも見たのかと笑われたと。

見ること自体が稀《まれ》な種族なのだろうとは察せる。

きっと自身を隠さないといけない理由があり、人目に触れぬよう生きているのだろうさ。

普通の子供ならば声を大にして「エルフだぁ!!」と騒いでいただろう。だが俺はアラフォーの魂を持ったちょっと賢い、とてもエッチな子供だ。

知られたからには死んでもらうぞ……などという展開になってはたまらない。

ここは何も見なかった振りをして立ち去ろう。

「それでは僕たちはこれで」

「あれ美味しそぉー」

アリーシャはずっとイカ焼きの屋台を見ていたようで、物欲しそうに眺めていた。

そんなにイカが食べたいなら、俺の股間にだけ生息するイカしたイカをイカせてみるかい？

世にも珍しい白いイカ墨ソースをご賞味あれ。

「あれ？」

突然ルイスが子供らしい声を出す。

どうしたのだろう。

「あの男、もういなくなっています。さっきまで気配はあったのに……」

父さんは瞬きをする間に消えていたと言っていたが、それは本当のようだ。

それよりルイスは気で人が判断できるの？

なんかそれ俺より強くなりそうじゃない？

アリーシャは絶対に譲らないよ？

「勇者を探しているということはきっと冒険者だろう。身のこなしは並みじゃないはずさ。音を立てずに移動するぐらい当たり前にできるんじゃないかな」

だってエルフだしな。

「なるほど……そこまで考えが及ぶなんて流石兄さんだ」

流石の兄さんは幼馴染にイカ墨をぶっかける妄想に夢中でしたけどね。

「さて、お腹もすいてきたし屋台で何か買って食べようか。アリーシャはイカ焼きかな？」

「うん！　イカ焼き食べたいです！」

それから屋台で三つのイカ焼きを買い、フードを被った冒険者の男のことも、勇者の話も忘れ、焼きたてのイカを噴水の縁に座って三人で食べた。

俺もいつかはこの噴水の様に、アリーシャを吹かせたいものだと考えながら。

◇◇◇◇

ルイスはエルフの男と会ってからというもの妙に疲れた様子だった。もしかしたら風邪でもうつされたのかもしれないと、先に家まで送ることに。

「臣の務めを全うできない、未熟な我が身が恨めしいです……ですが王の命を聞くのも臣下の務めですよね」

王って。ルイスは俺をどうしたいのだろう。

夜のホームラン王にならなくともなるつもりだが、ルイスを相手にスイングするバットは持ち合わせていないからな。

ルイスは寂しそうな顔で家の中へと入っていった。廊下では母さんに掛けた毛布がチラリと見えたが、夕方になればいつもの通り起きるだろう。

「裏山は駄目だって父さんに言われているから、今日は川で遊ぼうか」

「うん、いいよ！」

これでやっとアリーシャと二人きりになれたわけだが、さてどうしてくれようか。

男女が二人きりでする遊びなんて限られている。

狭い部屋でもできる激しいスポーツは何もピンポンだけではない。

ではそれは何か、答えはもちろんチ〇ポンだ。だが残念ながらここは狭い室内ではなく広い野外。

ピンポンもチ〇ポンも楽しめない。

だが逆に考えるのだ。

広いならばピンポンではなく、テニスをすればいいのだと。

俺はペニスラケットを握り締め、アリーシャというコートを縦横無尽《じゅうおうむじん》に駆けまわり、童貞卒業《グランドスラム》を達成しようじゃないか。


そんな妄想をしながら歩いていると、すぐに川辺に辿り着いていた。

町の少し外れにある川だが、それほど離れてもいない上に、町の人が通ることもあるため遊ぶことを許可されている。

「何をしようか。泳ぐにはまだ肌寒い気がしないでもないし、釣りをするにも道具がないね」

興奮した頭を冷やすために冷たい水がほしいところだ。

できるならアリーシャから排出された液体が好ましい。

「ちべたーい！」

早速アリーシャが川の水に触れてはしゃいでいるではないか。

俺はそんなアリーシャがたべたーい。

「やっぱりまだ冷たいかぁ」

「うん、冷え冷えだったよ！　ほら、ひえー！」

冷たくなった手で俺の両頬をはさむアリーシャ。

股間に湯たんぽというか、滅茶苦茶熱くなっているおち○ぽがあるのだが、そっちを握ってくれればすぐに暖まるよ。

「つ、冷たいよアリーシャ」

逃げろ、アリーシャ……俺の理性から理だけが抜けてしまうその前に！

「ユノくんの頬《ほ》っぺたはあたたかいね！」

落ち着け俺の中の童貞。お前の中を肉棒体温計で計ってやる……とか、そういうことは絶対にしちゃだめだからな。

「ねぇねぇ、もうちょっと奥に行こ？」

「ん？　うん、でも林には入っちゃだめだからね」

「うん！」

この川は川上に行くにつれて林から深い森になっていき、最終的に山の麓につながっている。山の雪解け水が流れてきている川なのだろうか、都会暮らしであった前世ではテレビでしか見たことのない澄んだ水が流れている。

一旦家に着いた際に父さんの釣り竿でも借りてくればよかったかもしれない。裏山には行くなと言われているが、川も奥には行くなと前から言いつけられている。

奥まで行くと魔物や獣がいるから危険だそうな。だが俺の危機管理意識はそこらの六歳児のそれとはレベルが違う。大人の言うことには素直に従う四百歳児なため、そういった危険な場所には一切足を踏み入れたことはない。

冒険者を夢みてはいるが、自分の貧弱さを自覚しているので、無茶な冒険やその真似事などはしないのだ。

アリーシャの洞窟を俺の棒剣で持って冒険したいが、もちろんそれもまだ早いと理解している。

「ねぇねぇユノくん、あれなにかなー」

アリーシャは何かあるとまず俺に尋ねる癖がある。この依存ぶりはとても心地よいものだ。

いつかは「これなぁに?」、とアリーシャを愛するために膨らんだ相棒、いわゆる愛棒が気になって仕方なくなる日がくるだろう。

それこそが俺たちの冒険の始まりだ。味から触感まで体験学習で教えてやろう。

「ん、どれかな」

「あの黒くて大きいやつ。なぁにあれ」

どれどれ、大きなキノコかな?

俺の愛棒かな?

「つぅッ……!」

思わず大声を出しそうになるのを堪える。

アリーシャの指さす先に見えるそれは、黒々とした毛並みの巨大な狼だった。

しかしそれを狼と称するにはあまりにも大きすぎた。以前ルイスが襲われている時に追い払った魔物は幼体だったが、今俺たちが見ているのは成体だ。

近くに生える樹と比較すれば、遠目からでもその大きさがわかる。

「アリーシャ、大きな声をださないように。あれは、魔物だ……」

「……魔物？」

林の樹の陰にいるものの、それは隠れているというわけではなく何かを探している様子であった。

まさか俺が木剣で追い払った魔物の親が、今更になって仇《かたき》うちに来たとかではなかろうな。

「参ったな……」

森に近い林とはいえ、普段から遊び慣れているこの川に魔物が現れるとは思わなかった。

魔物なんてそうそう見るものじゃないというのに、なんだってこんな場所に魔物が出るのだ。本物を目にするのはこれが二度目のことだが、あの犬みたいな魔物がここまで大きくなるのか。

なんだあの太い腕は。あれではまるで虎じゃないか。

魔物図鑑に書いてあった魔力に関する記述を思い出す。

魔力とは攻撃的なエネルギーであり、一種の栄養としても使える力《エネルギー》である。

知能が人よりも低い魔物は魔力を自分の力で制御しきれないため、攻撃的な部分だけが表面化し、ただひたすらに他の生物に対して害意を示す――確かそう書いてあったはずだ。

つまり、あの魔物に見つかれば俺たちは襲われ、殺されるだろう。

「大丈夫だよアリーシャ、僕がなんとかするから」

知識は力になると俺は確信している。

人は自分の知らない未知なるものを恐れるもの。正体の判然としないものに本能的な恐怖を覚えるのは人に限った話ではないが、それはつまり無知からくる恐怖なのだ。

人が新しいことに挑戦する時、程度の差はあれど怯えるか緊張してしまうのはそのためである。

例えば入学式や入社式は殆《ほとん》どのひとが緊張するものだが、それこそ未知なる環境に怯えていることに他ならない。

知った顔ばかりか、或いはやるべき業務を熟知していれば不安は自信に置き換わり、緊張は期待と希望に変わるだろう。

ゆえに知識は力になる。人は知ることで恐怖に打ち勝てるのだ。

……だが知っていても魔物は怖い。怖いものは怖い。

いくら図鑑を読んでいて魔物に詳しかろうが、怖いったら怖いのだ。

ライオンや虎でもなく、庭に侵入した幼体ですら怖かったのに、それよりも遥かに大きな魔物が柵もなく、見える範囲にいるのだ。恐怖を感じない方がどうかしている。

「どうする……」

幸い魔物との距離は十分にある。気付かれる前に逃げ出せば何とかなるだろう。

もし気付かれたならば、その時は俺が犠牲になってでもアリーシャを逃がそう。

「ユノくん……」

アリーシャの不安そうな声。この子だけは守らなければ。

「ゆっくり下がるんだ。まだ魔物はこちらに気付いていない」

声を潜めてアリーシャの手を握る。

「うん……」

「僕が合図したら全力で走るんだ。できるね?」

「うん、ユノくんが言うことならなんでもできる」

おいおい、こんな時にそんな冗談はよしてくれ。なんでもできると言うなら、これから毎日、飲尿療法を実践して肩こりや目の疲れを取ってもらうぞ？

「いい子だ、じゃあ下がるよ」

アリーシャの手を引き後ろへ下がる。自分が踏んだ砂利の音がいやに大きく聞こえるのは、魔物に自分たちがいることを覚《さと》られまいと必要以上に緊張しているからか。

二歩、三歩と後退し、十を数えたところで声を出す。

「一、二の、三で走り出すから、合わせて走ってくれるかい」

「四は？」

「四はない……とにかく三で走るんだ」

「ないんだ……」

何故か四に拘《こだわ》りを見せるアリーシャの手を強く握り、カウントを数え始める。

「一、二の――」

緊張で手汗が止まらず、アリーシャの手を濡らしてしまっている。

俺の体液が美少女の手を汚していると思うと、申し訳なく思う反面、背徳感で股間の小《しょう》覇《は》王《おう》がトンファーのように固くなって無双状態になっている。

人は窮地に立つと、なんとか子孫を残そうと勃起するそうだ。

あの物語の主人公も、その物語の主人公も、生死を賭けた戦いのさなかに精子をかけようと勃起していたのかもしれないな。

「――三《さん》っ」

小声だが、語気を強めて最後のカウントを数えて振り向いて走り出す。

焦りと恐怖からか、もつれそうになる足を懸命に前へと出して走り続けた。砂利を踏みつけ、アリーシャを引っ張るように川沿いを走り、やがて見えてくる土手を目指す。

土手を登り切って一旦後ろを確認するが、魔物が追いかけてきている様子はない。

それでもまだ安心できるものではない、家まではまだ距離がある。

速度を少し落とし、家までの道を俺たちは走り続けた。


「ついたー」

アリーシャは家の前につくとしゃがみ込んでしまった。

随分と長い距離を走ったのだ、疲れるのも当然だ。よく走ったご褒美に突かれさせてあげよう。

木製の玄関の扉を開け自宅に入り、ただいま帰りましたと言うつもりが足元を見て一瞬息が詰まる。

母さんがまだ廊下で気絶していたのだ。

「母さん、起きて。こんなところで寝たら風邪ひくよ」

「あぁん……」

喘ぎのようなものを漏らして母さんが起き、周りをきょろきょろと見渡している。

「あら、私ったらこんな所で寝ちゃったの……毛布まで用意してるわ。随分と用意周到ね」

気絶する前の記憶が無いようだが、あって騒がれるよりはいい。余計なことは言わずそのままにしておこう。

「でも何か不吉なことがあった気がするわ……確かユノが……いえ相思相愛であるユノがそんなことを言うわけがないわね……。そう思い出したわ、女狐を山に捨ててくるからここで寝ていてくれと言われて――」

嫌いです、と言われたことを認めず、記憶を改竄《かいざん》しようとしているな。

「それなのにどうしてまだ……」

アリーシャを見て無表情になる。

今は母さんの嫉妬に付き合っている場合ではない。

突き合うのはアリーシャとだけでいい。

「母さん、大事な話があります」

母さんの思考を遮断するため強引に話を振る。

今は母さんのご機嫌をとっている場合ではない。家の近くに魔物が出たのだ。それを報告しなければいけない。

「結婚は反対よ」

何歳だと思っているのだ。反対されるまでもなく、まだ早すぎるだろ。

「そうではありません」

「結婚しないの？」

アリーシャ、母さんの話に引っ張られるな。話がややこしくなるだろ。

「ユノは私と結婚するのよ」

「そうなの？　じゃあ私は二番目だね！」

アリーシャと母さんの話は噛み合っていないのにまとまってしまった。

頭がおかしくなりそうだ。

「町外れにある川辺に魔物が出ました。黒い狼型の魔物です」

二人の天然ボケには付き合わず、伝えるべきことを簡潔に伝える。

できれば父さんにも伝えたいのだが、今日はもう帰ってきているだろうか。

「魔物ですって？」

床に座っていた母さんが立ち上がり、漸《ようや》く話を聞く姿勢を見せてくれる。

美魔女が見せる冷たい表情は、背筋と愛棒をゾクゾクさせるな。

「その魔物は？　怪我は……ないわね」

「はい、怪我はしていません。ですが僕たちは逃げることで精一杯で魔物がどこへ向かったのかはわかりませんでした。ごめんなさい」

「そんなのはいいのよ、ユノが無事ならそれでいいの」

そう言うと母さんは俺の頰を撫でた。

「どこに行ったのかわからないなら、あとはお母さんたちに任せなさい。見つけ次第この世から消し去ってやるわ」

母さんにはそれが可能だから恐ろしいが、今は何よりも頼もしく感じる。

「それと――」

母さんは真剣なトーンで話し続ける。

何かやらかしただろうか。

「――いい加減手を繋ぐのをやめなさい」


はい。

◆◆◆◆

ルイスは二階にいたようだが、俺が帰ってきたのを見て喜びを隠しもせずに笑顔になり、アリーシャを見て無表情になる。わかりやすい子だ。

そこへちょうど仕事から父さんが帰ってきて一家が揃う。

もちろんアリーシャは俺の妻枠だ。

「父さん、川辺の林に魔物が出ました。狼型の黒いやつです。僕たちは慌てて逃げてきたので、その魔物が今はどこにいるかはわかりません。ごめんなさい」

母さんにした説明を父さんにもすると、父さんは表情を変える。

「二人とも怪我はないか」

父さんの口から真っ先に出たのは、その言葉であった。

戦うこともできずに逃げてきて、魔物の動向すら観察しなかったことに負い目を感じていたが、父さんはそんなことは気にせず俺たちの心配をしてくれた。

「はい、幸い魔物には気付かれずに逃げてこれましたので」

「そうか、それならそれでいい」

父さんは涙ぐみ、目頭を押さえている。どうした、何か不味いことを言ったか。

自分の股間が白いことを気にしていて、それで黒いという言葉がコンプレックスを刺激してしまったか？

「あなた……」

「剣を教えたせいで気が大きくなり、また前のように魔物に立ち向かいユノが怪我をしてしまったらと常々考えていたんだ……だがユノはしっかりと自分の力を弁《わきま》えていた、うっ……うう……」

そんなことで泣くのか。

「幼体でも追い払うのが精いっぱいだったのです、成体に敵うとは思っていません。それにアリーシャを危険にさらすわけにはいけないと考え――」

「ユノォー！」

父さんが俺を抱きしめる。この夫婦は本当に抱きしめるのが好きだな。

俺も同じノリでアリーシャを抱きしめてしまおうか。腰から下を狙い、顔を押し付けるようなタックルを決めて押し倒したい。

「ユノくーん！」

心臓がピョコンと跳ねたのは、アリーシャが父さんの真似をして後ろから腰に抱きついてきたからだ。まさか俺がやろうとしていたことをアリーシャにやられるとは思わなかった。

「フー！」

尻に向けて息を吹きかけるアリーシャは何がしたいのだ。

布越しに届くアリーシャの息が熱い。

これは熱々夫婦《フーフー》というやつだな？

美少女から尻に熱い息を吹きかけられているこの状況、非常に不味い。このままでは股間の旦那様が膨らみ、俺を正面から抱く父さんと愛棒同士で剣術の稽古を始めてしまう。

「フー！」

わかったわかった、もうわかったから結婚しよう。

「何楽しそうなことしているのよ、代わりなさい！」

いや、代わらなくていいから。

「大司教様の危惧《きぐ》した通りになってきているな……魔物が増えているのはその兆候だと仰《おっしゃ》っていたが……」

息子の尻を狙う母さんとは対照的に、父さんは落ち着きを取り戻し、顎《あご》に手を当てて考え事をしている。

大司教が器具で魔物を調教しているとは何のことだろう。その話、詳しく聞かせてくれ。

や、わかっている。父さんは間違ってもそんな独り言は言わない。今のは俺の聞き間違いだ。

「いち早く勇者を見つけなければ……」

勇者とは、まさか街で絡んできたエルフが言っていた勇者のことか？

そう言えば大司教は何かを探していて、それを父さんが手伝っているという話だったな。

話が繋がってきたような気もするが……。

「フゥー！」

「あん！」

考えをまとめようとしていると、勢いよく尻に熱い息を吹きかけられ、思わず声が出てしまう。

振り向くと息を吹きかけた犯人は母さんだった。何してんだこの人。

おもちゃにされるのは歓迎だが、今は場の空気を読んでほしい。

喘いでしまったことを誤魔化すため話の流れを変えよう。

「父さん、魔物が出たことをギルドや、駐屯騎士団に報告に行かなくていいのですか？」

「そうだな。リディア、後のことは頼んだ。俺は念のためゴードンにもこのことを伝えてから行く」

父さんは俺の頭を一撫でしてから家を出て行った。

背負われた武骨で大きな剣が俺の中二心を震わせる。今一つ成長の見込めない剣術では無理だったとしても、魔術の一つでも使えれば俺だって魔物と戦えたかもしれない。

母さんは「子供には早い」の一点張りで、未だ魔術を教えてくれないが、夫婦間の情事をべらべらと語り聞かせる方が子供には早いと俺は思う。

だが焦らずとも俺とアリーシャは今年、同じ初等学校に入学することになる。

そうなれば嫌でも魔術に関して学ぶことができるはずだ。魔術という科目があるかはわからないが、そこに教師がいるならばその人に教えてもらえばいい。

前世では考えたこともなかったが、今俺は猛烈に勉強がしたい。

そんな覚えたこともない感覚を経験できるのは、この世界に転生できたおかげだろうな。

【第六章】君のためならイケる

アリーシャを守るために習い始めた剣術だったが、ここにきて伸び悩み、パッとした結果にも結びつかず、ゴードンさんが教えてくれる護身術の方が上達してしまっていた。

何故俺が護身術など習っているのか。それは将来、冒険者になりたいからである。

ではどうして冒険者になるために護身術が必要なのか。

この世界の酒場は、ある種の冒険者同士の社交場となっている。有益な情報が集まりやすく、冒険者稼業に勤《いそ》しむ者にとって、必要不可欠な場所であるとゴードンさんは言っていた。

酒場は社交場である反面、酒を提供するという場所柄と、冒険者が集まるという都合上、荒くれ者が多く、酒も入っているので諍《いさか》いや喧嘩が絶えない。

短気を起こして刃物を抜けば、それは喧嘩では収まらず殺し合いに発展してしまう。

そのため無手で相手を制圧する手段が必要となるのだが、そこで役立つのがゴードンさん直伝の護身術だ。

それは合気道や柔道に似た専守防衛型の体術で、相手を必要以上に痛めつけずに制圧する、護身を目的とした武術であった。

体をぶつけあい肉を弾ませる戦い、それすなわち肉弾戦《セックス》なり——。

そう気付いた時、この技術は夜の戦いでも活かせると確信し、そして剣の稽古と同等の時間を護身術の稽古に費やしていた。

熱心に稽古を続ける俺を見ても、母さんは文句を言わなくなっている。

魔物と二度も遭遇したことで、せめて逃げるだけの力は必要だとし、前よりも長い時間の稽古を承諾してくれたのだ。

剣の才がないとわかっていても、熱心に稽古を続けているのは決して最強の男を目指しているからではない。

俺はアリーシャの一番になれればいい。木剣を上手く振れずとも、勃剣を上手く触れさせるテクニックがあればいいじゃないか。

アリーシャを寝取ろうとするイケメンや魔物から、彼女の命と体を守れるだけの力があれば十分だと考えている。

とは言え、父さんたちから習っている剣術だけではアリーシャを守るのは難しい。守れたとしてもアリーシャの心が離れてしまっては意味がない。

アリーシャに愛想をつかされぬためにも自分を磨き、専門的な学問や、母さんが一向に教えてくれない〝魔術〟を習うべきだろう。

そしていよいよ、その時が来ようとしている。

町の中心に位置する小高い丘の上にある石造りの建物に来ていた。

その中に入り、ロビーの端にある木製のベンチの前で母さんは止まった。

「お母さんは手続きを済ませてくるからユノはここで待っていてね。アリーシャはどこへ行ってもいいわよ」

いつもと違う、余所行《よそゆ》きの服を着た母さんに連れられ、俺とアリーシャがつれてこられたのは初等学校である。

学校自体は休みなため、人の姿はほとんど見かけず、門にいた守衛と何人か職員らしきひととすれ違った程度である。

今年からこの学校で、本格的に剣を習い、魔術を習得し、学問を修め、アリーシャの心をがっちりと摑むのだ。学校で過ごす時間は一秒だって無駄にはできないぞ。

「はい、ここで待っています」

「はい！」

俺に次いでアリーシャが元気よく返事をする。

問題はこの子だな。アリーシャが可愛すぎるので意識が散ってしまい、勉強に集中できるかわからない。

保健体育があるならば復習は俺に任せろ。学校では教えてくれないことまで教えてやるからな……とか考えてしまうのだ。まったく困った性天使だぜ。

「じゃあ私はユノくんの上で待ってます！」

早速これだよ。

上ってどこだ。肩の上か？

それとも顔の上か？

本命で腰の上か？

俺はアリーシャ専用の椅子だ。幸い、人の姿はない、好きなところに座って待つといい。

「それは駄目！　横にいなさい！」

「はい！　横にいます！」

母さんは苦々しい顔のまま振り返り、俺たちの入学許可の申請をするために校舎の奥へと消えて行った。

アリーシャの天然に振り回される母さんという構図も、今ではごく日常的な光景となっている。

アリーシャは母さんに敵視されているのだが、そのことに全く気付いた様子もない。

むしろアリーシャは母さんを慕っており、家に遊びに来れば俺と挨拶をかわした後は必ず母さんに抱き着きに行く。

母さんの気質から将来は厄介な嫁姑問題が頭痛の種になるかと思っていたが、この調子ならばなんとかなりそうである。

「あぁあ、ユノくんのお母さんと仲良しなんだから、うちのお母さんも来ればよかったのになぁ」

母さんを見送り二人でベンチに座ると、アリーシャが少し寂しそうに言う。

「うん？」

「だって私だったら仲良しな人と離れるなんてイヤだもん」

アリーシャの母親であるシャーラさんは、ここ数日熱をだし、ゴードンさんは父さんと共に二年ぶりに来た大司教の護衛に向かったため、アリーシャの入学申請を受けに行くのが難しくなってしまった。

そのためシャーラさんから委任証明書を渡された母さんが、アリーシャと俺を連れて初等学校に来ている。

「病気なんだから仕方ないよ。それに大人になると、ずっと一緒にはいられないものさ」

「そうなの？　でも私はユノくんとずっと一緒がいいよ？」

一緒にいたいなら結婚という手があるよ……そう言って今すぐ抱きしめてやりたい気分だ。フラグを立てたくないので言わないが。

このままアリーシャが俺を想っていてくれるなら童貞を卒業することも、幸せな家庭を築くことも夢ではないな。

「ありがとう。じゃあ大人になっても、少しでも長くアリーシャと一緒にいれるように努力するよ」

「えへぇ」

またそんな笑い方をして。学校で友達を百人作る前に子供を作りたいのか……っと、そうだ、何を浮かれているのだ。まだ安心はできないじゃないか。

ここは学校で、同じぐらいの年齢の子供たちが山ほどいる場所なのだ。先ほどから親に連れられて入学の申請にきたであろう子をちらほら見掛ける。

どんなにアリーシャが俺を好いていようと、相手は世間を知らない六歳児である。

この初等学校でアリーシャにとっての運命の男が現れないとも限らない。

前世では気に入った女の子をことごとくイケメンにかっさられ、何度も精神的寝取られを経験してきた俺だ。入学を機に一層気を引き締めなければなるまい。

今までもアリーシャの心が俺から離れぬようにと、飴《あめ》と鞭《むち》ならぬ、飴という飴を与え続けて可愛がってきた。

鞭は夜に振るってもらえばいい。今はとにかく飴を与える時なのだ。

アリーシャは俺の与えた優しさという飴を舐め続ければ、いずれは股間についた愛棒という名のスティックキャンディーも舐めてくれるはずである。

「なんだか緊張するね」

特に緊張はしていないのだが、アリーシャに気を遣ってそう言ってみる。

こういう時に前世の記憶は役に立つ。

ふとした時に自分を弱く見せることで、女性は「自分が守ってあげなきゃ」と思うと、物の本には書いてあった。強いだけの男では、相手が自分の存在意義を見出せなくなり、私は飾りなのかと悩んでしまうらしい。

「うん、ユノくんの横にいるとドキドキする！」

どうやらアリーシャにこの戦法は通用しないらしい。

それどころか俺がアリーシャを守らなければいけないと、そう強く思わされてしまった。

緊張《ドキドキ》しているとのことなので、ここは一つ緊張《ドキドキ》をほぐして昇華させるために、お股をほぐして昇天させてあげようか。

「アリーシャは学校に通うことに不安を感じたりはしないのかい？」

物の本には、当たり障《さわ》りのない、何の物語性もない話ができる男は恋人と長続きするとも書いてあった。

間違ってもボケてばかりではいけない。例えば、「ほら、電線に鳩が三匹とまっているよ」という、本当にどうでもいい話題が振れることで、相手は疲れずにすみ、和やかなムードが保てるのだそうだ。

「ううん、感じないよ？　ユノくんと一緒なんでしょ？　だったらどこに行っても不安じゃないよ！」

くっ、ボケだのツッコミだの言っている場合か。今すぐアリーシャに突っ込みたい可愛さだ。

取り留めのない話を振り、それを萌えったらしい反応で打ち返すアリーシャにシコはっ……四苦八苦させられるな。

下手に反応すれば寝取られフラグが立ってしまうのだが、このままでは俺の感情が理性では抑えられなくなってしまいそうだ。

「それにね、ユノくんの匂いを嗅いでるとすごく落ち着くの」

もう俺は調教されているのだ。俺の鼓膜はアリーシャによって性感帯にされている。

何を言われてもゾクゾクしてしまう。

だがこういう時こそいたってクールに、努めて紳士的に対応しなければならない。

「そ、そうなの？」

「うん、そうだよ！」

モヤモヤとした気持ちを抱えながらムラムラしていると、入り口から同年代と見える、この学校の制服を着た三人の男の子がこちらへ向かってくる。

目的地は明らかに俺たちで、何かもの言いたそうな顔をして近寄ってきた。

座っているベンチの前に立つと、三人のうち左に立っている小太りな少年が顔を近づけてくる。

キスをご所望なら勘弁していただきたい。切除したルイスとなら可能性はなくもないが、基本的に男性との接吻《せっぷん》はお断りしている。

「ど、どちらさまでしょうか」

さすがに顔が近い。まさか本当にキスをおねだりされているのか？

「ハーッ！」

いきなり気合を入れられた。

なんだどうした、お祓いか？

俺に悪霊でも取り憑《つ》いていたのか？

「お前、見てわからないのか？」

続いて右の細身の少年が馬鹿にした様な笑顔で見下ろしてくる。

はて、見てわかることは自分よりもこの二人が年上であるということと、アリーシャが可愛いということだけだが。

「はい、どういったご用件で――」

「頭が高い！」

前世を含めても初めて言われたぞ、その言葉。

一度は言ってみたかったが、まさか言われる日がこようとはな。

次に続くのは、この肛門に入らぬか、だろ？

「えーっと、どなたに対して高いのでしょう。先輩方に対してですか？」

俺の方が下にいるのだが、股間の頭が高いとかそういう話か？

何故俺の息子の価値を知っている。ひよこの雄雌《おすめす》を判別するのには免許が必要であり、職人として海外では高給で雇ってもらえると聞いたことがある。

もしやこの少年はそれと同じように、男の顔を見ただけで男性器の価値を見抜く審美眼を持っているのだろうか。

だから顔を近づけてきたというならば、肛門に入らぬか、というのも冗談じゃなくなってくるな。

「今、貴様が前にしているお方をどなたと心得る！」

年長の男の子に挟まれた真ん中の少年を見る。

歳は俺と同じぐらいか。前世ならば子役として活躍し、さぞお茶の間を騒がしたであろう可愛らしい顔立ちをしているな。

だが芸能界の闇は深い。そんな可愛い顔をして生まれてきたのが運の尽き。活躍する子役の括約筋はどんなものかと悪徳プロデューサーに味見され、様々な事務所や芸能関係者のおもちゃにされ

るのだろう。かわいそうに。

やがて少年は心を壊して引退し、二十歳を過ぎた頃に再び芸能の世界に足を踏み入れる。

しかしそれは、薔薇の舞い散るゲイ能の世界で——。

「なに憐れんだ顔をしているんだ！」

いかん、少年の行く末を勝手に決めて、悲しい気持ちになってしまっていた。

こういう時はそうだな、アリーシャに頭を撫でてもらい慰《なぐさ》めてもらおうか。

横を見ればアリーシャが呆《ほう》けた顔で真ん中の少年を見ていた。

どうしたんだい、その子に興味があるのかな……まさかこれ寝取られフラグか？

寝取られないために努力しようと思ったのに、入学する前に寝取られるのか⁉

「無視するのか……生意気な奴だなお前」

黙れ、俺は今それどころではない。

黙っていないと子供の知らない大人の遊びをその体に教え込むぞ。例えばお前の股間で缶蹴りとかな。

「ど、どうかしたの？」

心臓がバクバク鳴っている。アリーシャの返答によっては家出するからな。

「うーんとね、派手な服だなぁって」

よかった。アリーシャは男の子に興味があるのではなく、見慣れない派手な服が気になっていたようだ。家出《いえで》はなしだ、今すぐ家《いえ》でしよう。

改めて少年を見ると、学校指定の制服を着ているようには見えるが、アリーシャの言う通り通常の物とは異なる派手な制服を着ていた。腰には豪奢《ごうしゃ》な装飾が施された鞘が佩剣《はいけん》されており、それが少々悪趣味に見える。

剣は己の分身だ。それを装飾するなどチ○コに真珠をつけるようなものじゃないか。

「女、お前まで！　この方はなぁ――」

「まぁまぁ、いいじゃないですかアベニーさん」

アナニーさん……いやオナ兄さんか？

どちらにせよ酷いあだ名だが、ちょっと仲良くなりたくなってきたぞ。

「ですがテトラ様……」

「トランスルーさんもいいんですよ。田舎に住む貧乏人にはわからないものです」

む、今さらりと馬鹿にしなかったか？

「それよりも、こんな田舎に住んでいるとは思えないほど、あなたは美しいですね。この学校に入学するならば、どうですか、僕の愛人候補生になりませんか？」

「はぁ？」

唐突なスカウトに素《す》っ頓狂《とんきょう》な声を出したのは俺だ。

「あの、何を言っていらっしゃるのかわかりかねます」

アリーシャの代わりに返事をしたのも俺だ。無論、俺が愛人候補生に誘われたものと勘違いしたわけではない。

「君には聞いていないんだけどなぁ……」

真ん中に立つテトラ様と呼ばれた少年は困ったように指先でこめかみを掻《か》いている。

どうも様子がおかしい。ただの成金趣味のボンボンかと思っていたが、様などつけられてまるで大貴族とその付き人のようではないか。

だがそんなことよりも、こいつは今、アリーシャを愛人候補にならないかと言った。

妻ではなく愛人。法律上、なんの縛りも受けない口約束だけの体の関係。

それを俺が可愛がってきたアリーシャに向かって言ったのだ。頭に血がのぼってくるのを抑えられそうにない。

「この子の保護者役は、現在僕が担《にな》っておりますので」

むしろ俺がアリーシャに契約してほしいわ。

都合よく性的な欲求だけをアリーシャからぶつけられたい。

仕事などで行き詰まった時に呼び出され、アリーシャがリフレッシュしたら帰らされる……そんなセフレッシュな関係でもいいからアリーシャとの繋がりを維持したい。

「子供のあなたがですか？」

それをお前が言うか。子供が愛人とか言うなよ。倫理観皆無か。

「はい、ですので彼女と彼女のご両親に代わって、僕がお断りさせていただきます」

彼女に代わって僕がお相手しましょうとか言ったらどうなるかな。

気味悪がって帰ってくれるかな。

アリーシャは何を話しているのかわかっていないようで、ただ笑って俺を見ていた。

なんて、ガードの緩い子なんだ。ますます俺が守ってやらねばならんという気持ちが高まってくるぞ。

「あのな、お前には聞いていないんだよ！」

「テトラ様の邪魔立てするならば――」

両隣りの御付きの少年たちが俺を睨む。

次は脅しか。脅迫プレイには憧れていたが、男にされても一ミリも燃えないな。

俺が燃える脅迫プレイはこうだ。

――目を覆うだけの仮面をつけたボンテージファッションのお姉さんに誘拐された俺とアリーシャは、湿気の多い地下室に紐《ひも》で縛られて監禁されていた。

「この子の処女を守りたかったら、あなたの童貞を私によこしなさい」

そのお姉さんは上乳をさらし、俺の股間をさすりあげた。

俺は睡眠薬によってベッドで眠らされているアリーシャの寝顔を見る。

この天使の様な少女の処女を守るためならば、俺が喜んで犠牲になろう。綺麗な体ではなくなるのは辛いが、アリーシャのためならばいくらでも汚れてやる。

「アリーシャには絶対に手を出さないんだな……」

「うふふ、もちろんよ。ただし、あなたが私を満足させられたらね」

そういうことならば仕方ない……俺の座学がどこまで通用するかはわからないが、アリーシャのためなのだ、全力でいかせてもらうぞ――。

「な、なんだ、何睨んでるんだよ！　邪魔をするだけでなく逆らうのか⁉」

おっと、妄想の世界に囚われてしまっていたか。

お姉さんからの性的な脅迫ならば大歓迎だったが、男が女子を、特にアリーシャをどうこうしようというのは看過《かんか》できない。

「邪魔をしたらなんでしょう。力ずくでもこの子を愛人に加えると、そう仰るのですか？」

「力ずくかどうかは別だ。テトラ様は大司教様のご子息様にあられるお方だ。そちらの女も喜んで愛人候補生になるんじゃないかぁ？」

子供にしては邪気の多すぎる笑い方をするオナ兄さん。

セルライトは揉んで砕くとよいと聞くが、年齢の割に少々太りすぎているので揉んで砕いてやろうか。

……それより今、真ん中の子を大司教の息子だとか言わなかったか？

「大司教様のご子息様？」

大司教と言えば父さんが護衛する要人で、魔物を器具で調教するという、とんでもない変態で……いや、それは俺が耳にフィルターをかけて聞き間違えていただけだったか。

「どうだ、やっと自分の立場と、置かれている状況がわかったか。お前みたいな平民は大人しく黙っていればいいんだよ」

ああ、わかったよ。父さんの言っていた独り言の意味と繋がったからな。

大司教は勇者を見つけるため、この町に滞在している。そして、大司教の息子であるテトラも同行しているので、本来は通うはずの無いこの学校に入学するということだろ。

そして俺がここで問題を起こすと、父さんに迷惑がかかるかもしれないのだな。

どう返したものかと考えていると、細身のトランスルーと呼ばれていた少年がアリーシャに手を伸ばすのが見える。

咄嗟《とっさ》に立ち上がりその手をはじき、アリーシャを守るように前へ立つ。

「つまり父親の権力を笠に着て、いたいけな少女を誑かそうと、そういうわけですね」

問題を起こしてはいけない相手だと思い至った次の瞬間、問題を起こしてしまっていた。

「貴様っ！」

オナ兄さんが俺の胸倉を摑む。

「その手を離してください」

摑むなら自分の股間でも摑んでろ。

離せと言っているのに、より力を込めるオナ兄さん。仕方ないので体をやや右に傾け、バランスを崩させてから足を払って転倒させる。

「ぐぎゃ!?」

ゴードンさんに、飲み屋で絡まれたらやってやれと教えられた護身術である。

あまりにも上手くいったので、小ネタ満載のゴードンさんの教えが、確実に俺を強くしていると実感できた。

「先に手を出したのはあなたですからね」

ぽかんと口を開けて俺を見上げるオナ兄に、唾《つば》でもかけてやりたい気分だったが、俺の唾はアリーシャのものなので安売りはしない。唾液交換は大人になったアリーシャとしたい。

「あなた方のことはわかりました。ですが肩書など子供の僕には関係ありません。それに、この子を守ることが僕の使命ですから、危害をくわえると言うならば、それ相応の対処はさせていただきます」

関係は大ありだが、まだテトラ様に何かをしたわけではない。セーフだよな？

こちらから手を出す意思はないことを示すため、腕を後ろ手に組み胴体をさらす形で胸を張る。

しかしオナ兄さんは尻もちをついたまま動かない。賢者タイムだろうか。

「……ぶっ殺してやる」

すると細身の少年、トランスルーが一歩前に出てそんなことを言う。

「物騒なひとですね」

細身の少年も同じく摑みかかってくるかと思ったが、拳を振り上げている。

武術をかじっているのか、素人とは思えない良い突きを放ってきた。

俺もアリーシャとの初夜には、素人とは思えない突きで悦《よろこ》ばせてやりたいものだ。

「ふっ！」

その懐に入りこんで胸に肩をぶつけ、大外刈りの要領で足を払う。

「うわあっ！」

トランスルーは冷たいタイルの上に倒れ、腰を押さえて蹲《うずくま》っている。

ゴードンさん、あなたの教えが役立っています。この技を使っていずれはあなたの娘さんをベッドに押し倒します。もちろんお互い同意の上でね。

「あ、あなたの名前は……？」

「ユノと申します。テトラ様」

これ、正直に答えていいものだったのかな。後になって大司教様が現れ、父さんに何らかの罰が下されるとか、そういうこともあるのではないか。

「ユノさん、僕はあなたの強さに感服しました。是非、僕の護衛になっていただきたいのですが――」

「お断りします」

「お金は払いますよ？　もちろんユノさんの言い値で」

言い値とか初めて聞いたわ。さっきから初めてを奪われまくっているが、やっぱり金持ちというのは感覚も生きる世界も違うのだな。

「何と言われようとも、お断りします。テトラ様は、今そこに転がっている二人を心配した素振りも見せなかった。僕が倒れた時も同じように切り捨てるつもりなのでしょう？　まともな神経をしていれば、そんな方を守りたいと思う者はいませんよ」

これは、ただ嫌味の一つでも言ってやろうと思って選んだ言葉で、短気な性格なため歯止めがきかなくなっているのだ。護衛とは何をするのか。たかが子供の自分に何を求めているのか。気になることは多くあったが、これ以上付き合いを持つつもりもないので、一気に言い切ってしまった。

「それに僕は彼女を守ることで手一杯です。それこそ力にものを言わせて、いたいけな少女を手籠《てご》めにしようとする輩からね」

「っ……それは」

倒れている二人に視線を向けると、テトラは鳩が尻に豆鉄砲を食らったような顔をして黙っている。腐ったお姉さんたちにウケそうなウケ顔だ。

「そうですね……僕が間違っていました」

皮肉を込めて言ってやったのだが、腹を立てている様子もなく素直に反省している。

テトラは意外とできた子なのかもしれない。

「失礼なものの言い方になってしまったことを謝罪します。申し訳ありませんでした」

そう言って頭を深く下げる。最敬礼で頭を下げてしまったが、慇懃《いんぎん》無礼がすぎたかな。

するならアリーシャの前で亀の頭を上げるギンギンプレイがいいよな。

「この通り、僕がテトラ様に危害をくわえるつもりはありませんのでご安心ください」

「争う意思はないと腕を後ろに回しているのに、彼らが攻撃を仕掛けてきた。そしてユノさんはそれを自衛した。そういうことですね」

「はい、そう考えていただけると幸いです」

こいつ賢いな。俺の本音と建前を使った、ずるい言い方をしっかり理解している。理解した上で、無駄に事を荒立てない寛容さもある。もしかして根は良いやつなのか？

「わかりました。非はこちらにあります、もう頭を上げてください」

「ご理解をいただけてなによりでございます」

この世界で初めて空気を読んで会話ができる者に会った気がする。

それが六歳前後の少年だというのが驚きだ。

「ではその件はこれで終わりにしましょう。ユノさんを勧誘することは諦めます」

「はい」

物分かりの良い大人な子供でよかった。

ゴードンさんにはテトラの爪の垢《あか》を煎じて、肛門から直腸吸収させてやりたい。

頼んだら爪の垢くれるかな。

「では改めまして。お嬢さん、私の愛人候補生になりませんか？」

前言は撤回だ。こいつは空気など読めていないし、良いやつでもない。

どうやら逆にゴードンさんを直腸吸収させてやるしかないようだな。

「ですから――」

「ユノさんではなく、彼女に聴いていますので黙っていてもらえませんか」

ほう、そう来たか。

いいんだぞ、この件はゴードンさんにも報告し、お前の肛門の皺《しわ》を赤ちゃんの頬っぺたの様につるつるになるまで伸ばしてもらうからな？

「ユノくん、あいじんこうほせいって何？」

「好きなものを食べて、好きなように歌い、好きなように生きていい。そういう生活を約束する契約みたいなものです。そうだ、あなたの好きな食べ物はなんですか？」

俺に質問したアリーシャに、テトラがすらすらと甘い言葉を並べて説明する。

こいつ汚いな？

「好きな食べ物？　うーん、おやつとハンバーグ？」

いつか好きな食べ物欄に俺も加えてほしい。

「あはは、それはよかった！　僕のお屋敷には世界の色々な甘いお菓子をご用意しておりますし、ハンバーグもいつでも好きなだけ食べれますよ。どうですか、僕の愛人候補生になりませんか？」

金にものを言わせるなんて汚ねぇぞドラ息子！

そんな言い方をしたらアリーシャが了承してしまうだろ！

「うーん？」

アリーシャが俺を見ている。意見が聞きたいのだろう。

だが決めるのはアリーシャだ、俺が口をはさんではいけない……でもはさみたい！

将来はアリーシャの尻に愛棒もはさみたい！

「そして大司教の子息である僕と一生幸せに暮らすことができるんです。どうですか、良い話でしょう？」

男である俺が見ても安心してしまうような、優しい笑みを浮かべるテトラ。

その笑顔を見て、寝取られる、そう思ったのは直感ではない。

それは過去の人生経験からくる確信だった。

「ヤです！」

「えっ⁉」

予想外の強い返答に思わず俺が声を出してしまった。

「ヤ？　嫌だというのですか？　何不自由なく暮らせるのですよ。ハンバーグも食べ放題ですし、ほら、あなたが気になっていたこの服よりも、もっと美しいドレスだって用意できますよ」

アリーシャのドレス姿か。絶対シコいな。

「私はユノくんとずっと一緒にいたいから、あなたと一緒なのはイヤ！」

アリーシャ……抱いてくれ。

理解していないだけかもしれないが、破格の待遇を提示されてもはっきりと断るなんて、もう俺はお前に抱かれることしかできないよ。

「ユ、ユノさんと一緒にいても美味しいものが食べれないかもしれないですよ？　僕とならずっと幸せな暮らしができるんです」

失礼な奴め。俺と一緒なら肩叩き券と尻叩き券のフリーパスがもらえるんだからな。

「ううん、そういうのはどうでもいいの」

アリーシャが首を振ってテトラの誘いを断る。

「ユノくんは毎日頑張ってます。私は頑張っているユノくんを見るのが好きです。頑張っていない時のユノくんも好きだし、眠っている時のユノくんも好きだし、歯磨きをしている時の変な顔も可愛いから好きだし、難しい顔をして私を見ているユノくんも好き。私もユノくんをずっと見ていたいから、ユノくんとずっと一緒がいいから、離れるのだけは絶対にイヤ！」

難しい顔をしている時は君を想って、君を見ながら妄想している時だね。

しかしそうか、収入があっても、身だしなみに気を付けても、話術を磨いても、何をしても駄目だった前世とは違うんだな。

アリーシャは俺を見て、俺を好きだと言ってくれている。

認めよう。俺は六歳の少女に本気で恋をしてしまったロリコン野郎だと。

「……そうですか。ではせめてお名前だけでも教えていただけませんか」

「アリーシャ、五歳です！」

いや六歳だろ。

「アリーシャさんですね……ありがとうございます。ユノさん、お騒がせして申し訳ありませんでした」

「いえ、僕は気にしておりませんので」

それどころかお前の頬にキスをしてやってもいいぐらい高揚しているぞ。

なんたってアリーシャの気持ちと、自分の気持ちをはっきりと確認できたのだからな。

「それよりも彼らはいいのですか？」

倒れている少年たちを指してテトラに尋ねる。

いつまでも目の前で寝転がられるのは世間体的によろしくない。

股を開いて俺を見る小太りの少年と、尻を突きだして震えている細身の少年だ、俺が何をしようとしているのかと、痛くもない腹を愛撫されるのは御免だぞ。

「失礼しました。アベニーさん、トランスルーさん、もう行きましょう」

アナ兄でもオナ兄でもなくアベニーだったのね。

じゃあ仲良くならなくていいや。高圧的で嫌な奴だったし。

「ユ、ユノくん……！」

アリーシャが震えた声で俺を呼ぶ。どうしたのかとアリーシャを見ると、怯えた表情で何かを見ている。

アリーシャの視線を追い、校舎の入り口を見て冷や汗が全身から噴き出る。

そこには以前川辺で見た魔物、狼型の魔物の成体がいた。

「どうしてこんなところに……」

ここは初等学校だぞ。誰にも気付かれず魔物が校舎の中に入るなんて不可能だ。それ以前に町へ侵入した時点で見つかり、大騒ぎになっているはずである。

ではどうしてこんなところに現れたのか。川辺で見たのと同じ個体で、俺たちを追ってここまで来たとか、そんな粘着ストーカータイプの魔物なのかもしれない。

どうせストーキングされるならば妹が良かった。妹ができたら、お風呂についてきたり、トイレにまで入ってきてしまうような真っ直ぐな子に育ててあげたいんだ。

「ユノくん……」

震えたままのアリーシャの声を聞いて、恐怖で混乱していた思考は現実に戻る。

いつもは元気なアリーシャが出す、怯えて震えた声が、竦《すく》んでいた足に力を入れ、股間と勇気を奮い立たせる。

あいつが同じ個体なのか、どうしてここにいるかなんてことはどうだっていい。とにかく今は、アリーシャをどうやって守るかを考えなければならない。

「え、あれって……えっ？　魔物ですか？」

テトラも魔物の存在に気付き、足を震わせ、佩剣した鞘がカチャカチャと音をたてる。

「ア、アベニーさん、トランスルーさん起きてください、魔物ですよ！　魔物が出た――」

「馬鹿、大きな声をだすなッ」

テトラはハッとした顔をして口を自身の手で塞《ふさ》ぐ。だが、もう遅い。

魔物はこちらに気付き、瞬時に腰をかがめて前傾姿勢のまま俺たちを見ている。

あれは俺たちを獲物と認識している動作だ。普段俺が妄想の中でしている、アリーシャに襲い掛かろうとしている姿勢と同じである。

「アリーシャは僕の後ろに隠れるんだ。いい子だからできるね？」

「うん、いい子だからユノくんの言うことならなんでもきく……」

また何でも言うことを聞くと言ったな？

では俺の後ろに回ったら尻にキスをしろ。

愛していると呟きながら何度もキスをするのだ。

「いい子だ、あとで頭を撫でてあげるからね」

代わりと言ってはなんだが、大人になったら俺の愛棒の頭も目一杯撫でておくれ。

「うん……」

すぐに後ろへとまわって俺の背中に張り付いたアリーシャの体が、小刻みに震えているのが伝わってくる。

さて、この状況をどう切り抜けるか。ここを切り抜けられなければ今後も何もなく、アリーシャの頭を撫でることも、撫でられることもできなくなる。将来は狼となってアリーシャを食べるつもりだったが、このままでは俺が狼に食べられてしまう。

以前逃げた時はまだ見つかっていなかったが、今は確実に見つかっている。

どうすればいい。どうすれば切り抜けられるのだ。

しかしこの場面、物語の主人公ならば秘められた才能、或いは眠っていた力が自身と幼馴染のピンチという状況に反応し開花。

超絶的な力で問題を解決して「凄い！　抱いて！」と妻を一人確定させる流れではないか？

……残念ながらこの六年間、特別な潜在能力が発現するような出来事は一切なかった。

状況は絶望的だ。

「ユノくんこわいよ……」

「大丈夫だよ、僕がなんとかする」

どうにかしてアリーシャだけでも守らなければいけない。この危機的状況を脱する具体的な方策を考えろ。

町へ逃げるというのは不可能だ。まず校舎の入り口に魔物がいる。上手く出れたとしても、すぐに捕まるだろう。

だが逃げるという方向性は間違いではないはずだ。一人が犠牲になれば確率は高くないが、ゼロではなくなる。それに何も全員が助からなくとも誰かが犠牲になればいい。

その犠牲になるべき一人とは、当然俺である。

アリーシャたちが逃げられるだけの時間を稼げばいい。

全てはアリーシャを守るために――。

狼型の魔物は一歩ずつ、確実にこちらへと向かってきている。

未だ襲ってこないのは警戒し、こちらの力を測りかねているからか。

「アリーシャ、少しずつ下がるんだ。僕はあいつと戦う、その間に逃げてくれ。後ろの廊下を駆ければ校舎のどこかに母さんがいるし、他にも大人がいるはずだ」

テトラの取り巻きの二人もいつの間にか立ち上がり、そして俺の背より後ろにいた。

ちゃっかりしているが、それも仕方ないことだろう。

「だめだよ、勝てないよ。魔物は強くて恐いんだよ」

「僕はこういう時のために父さんから剣を習っていたんだ。それに前にも魔物を追い払ったのを忘れたのかい?」

その魔物を追い払ったせいで親の魔物にストーキングされ、今こうして窮地に立たされているのかもしれないがな。

「ほんとうにやっつけられるの？」

「任せてくれ、こう見えて僕は強いんだ。それこそ前よりもずっとね」

同年代の子供よりは強いが、魔物に比べたら弱いだろうけどな。

「でもでも、ユノくんは剣を持ってないよ？」

そうでした。

「……テトラ様、剣をお借りしてもよろしいでしょうか」

一瞬だけ振り向き、テトラが腰に佩《は》いている剣に視線を流す。

腰の方に視線を流したのだが、股間の剣だと思われていたらどうしよう。

杞憂《きゆう》だったか。

「帯刀しているこれは模擬剣ですが……」

「それでも構いません。武器がないよりはいいですから」

テトラも震えているのだろう。カチャカチャと音をたてて、腰のベルトから外そうとしているが、震える手では上手くいかないようで、「あれ……抜けない……」などと呟いている。

これでズボンのベルトを外して股間の剣を差し出し、自分じゃ抜けないのでヌイてくださいとか言われたらどうしよう。

アリーシャが駄目だったからって俺に鞍替えしようなんてのは勘弁してくれよ。

「ど、どうぞ」

これも杞憂だった。テトラ抜き身の模擬剣を震わせながら後ろから差し出す。

自分から頼んでおいてあれだが、自衛手段を自ら手放すとはどういう思考回路をしているのだろう。

「僕はアリーシャが動き出したらあの魔物に向かっていく。そしたら振り向かずにとにかく走り続けるんだ。テトラ様は大人のひとを見つけたらすぐにこのことを伝えてください。それとできるだけ大声で魔物が出たと叫んでいてくれると助かります」

自身の生存確率を少しでも上げるために、できるだけのことはしておきたい。

六歳児の体で魔物の成体に敵うわけがないが、今回に限っては魔物を倒す必要はない。

アリーシャの命を守りきることが俺の勝利条件であり、大人たちが来るまでの時間稼ぎができれば大勝利である。

「ユノくんやだよぉ」

アリーシャの顔は見えないが、この涙声、絶対可愛い顔をしているに違いない。

守りたい、その泣き顔。

今なら魔物にも勝てる気がしてきたぞ。実は秘められていた勇者の血が覚醒するとかそういうことだってあるかもしれない。大番狂わせという言葉もある。実力差をひっくり返した戦いなど古今溢れるほど例があるではないか。

「来ましたよユノさん！」

狼型の魔物は怯えているこちらの空気を察知したのか、勢いよくこちらへ向かってくる。

魔物がタイルを踏み鳴らす音がホールに響く。どれだけ体重があればあんな音がするのだ。噛まれなくとも、このまま突進されただけでも致命傷になりそうじゃないか。

「逃げるんだアリーシャ！」

「ガァァアッ！」

一吠えしたのは威嚇のためか。鋭い牙が遠目にもはっきりと見える。

「ひぃああ！」

「あっ、おいていかないでください！」

魔物の威嚇は効果覿面《てきめん》で、背後にいた少年たちは悲鳴をあげて走り出した。

そのまま一緒にアリーシャも逃げて、俺が時間を稼いでいる間に母さんと合流してくれ。

「きゃあ！」

アリーシャの悲鳴が聞こえたので振り向くと、尻もちをついて俺を見ていた。

「つッ……うわぁぁあ！」

犬からルイスを守った時と同様、俺の体は考えるよりも先に動いていた。

少しでもアリーシャと魔物の距離を離すため、俺は狼型の魔物に向かって走りだす。

後退のネジは外してある。あとはやれるだけのことをやるだけだ。

距離が近づくにつれ、魔物の大きさが相当なものであると気付く。

これはテトラから渡された模擬剣でどうにかなる相手ではない。

これは終わったかもな。また童貞のまま死んでしまうのか。

邪神の呪いのせいで前世と同じ世界に転生し、俺はまた不毛な人生を送るのだな。

だがそれでもいい。

俺は死んでも次がある。しかしアリーシャは死んでしまえばそれで終わりなのだ。

自分はどうなってもいい、アリーシャだけは何としても守らなければいけない。

とにかくアリーシャが逃げられるだけの時間を稼ごう。

奴の動きに意識を集中するんだ。

一秒でも二秒でもいい、魔物に殺されるまでの時間を少しでも延ばすのだ。

一直線に走ってくる魔物。目を凝らして見てみれば、狼型の魔物は思ったほど速くもないと気付く。その動きはスローモーションで、俺でも十分な勝算があるように感じた。

時間がゆっくり進む不可思議な感覚。まるで黄金体験《ゴールドエクスペリエンス》だ。

これは死を前にしたことで脳が活性化して起きるという、タキサイキア現象というやつなのかもしれない。俺の脳は死を意識しているのだな。

狼型の魔物と交差する寸前に足を止め、魔物が飛びついてこようとするのを見ながら真横へ飛んで躱す。

転倒しそうになるのを何とか堪え、体ごと振り向き魔物を再び視界に入れる。

「グゥウ！」

魔物も体を翻《ひるがえ》して、改めてこちらの様子を窺《うかが》っていた。

躱されたことが意外だったかワンコロ。馬鹿め、俺も存外うまくいったのが意外で驚いているわ。

しかし俺が躱したところで、逃げているはずのアリーシャを追われていたら俺の負けだった。

アリーシャは無事に逃げただろうかと視線を魔物から外すと、依然アリーシャは同じ場所でへたり込んだままだった。

「アリーシャ!?」

「ユ、ユノくん！」

アリーシャは恐怖で後退のネジを外してしまっていたようで、その場で尻もちをついている。

アリーシャのおもちの様な尻なら俺が突いてやるから、早く立ち上がって逃げてくれ。

立ち上がって後退するんだ。立ちバックだ。

「アリーシャ早くっ！」

俺の叫びに反応したのか、魔物が再び飛びつこうと前かがみになる。

模擬剣を突き出して牽制し、正眼に構えて魔物とにらみ合う。

模擬剣越しから見る魔物は、以前追い払った幼体とは比べ物にならないほどの巨体を有していた。

「おおうっ！」

震える足は武者震いだ。涙が出そうなのは高揚の極致だからだ。

弱気を見せるな。気迫で負けるな。ゴードンさんのような獣性を全面に出せ。

この戦い、最後に立っていた方が勝ちではない。

アリーシャを逃がすことができれば俺の勝ちなのだ。木剣よりも切っ先の尖った模擬剣ならば、致命傷は与えられずとも傷の一つは負わせられるはずである。

魔物に「こいつは勝てるが、屈服させるのは面倒である」、そう思わせればいい。

一度躱したぐらいで思いあがるな。勝利条件はアリーシャの逃走だ。

時間を稼げ。厄介な相手だと思わせて、攻めあぐねさせろ。

「グゥゥッ……ガァッ！」

「いきます！」

魔物が動くのと俺が動くのは同時だった。右足を前に踏み込み、父さんの教えを忠実になぞった突きを放つ。

姿勢を下げたままの魔物を狙った模擬剣は吸い込まれるように魔物の口に突き刺さる。

意外な手ごたえを感じたまま、一気に模擬剣を押し込む。

バキバキと小気味の良い音がして、魔物の喉の骨でも折れたかと思ったが、それは俺の勘違いであり希望的観測の極みであった。

「まじかよ……」

骨を砕く音だと思っていたのは、魔物が模擬剣を噛み砕く音だった。

刀身の短くなった模擬剣を引き、じっとりと濡れた手で柄を握り直す。

握り直したところで、最早使い物にならなくなった模擬剣など不要だ。足を高く上げ、上体を前へ突き出し残った模擬剣だった物を魔物へと投げつける。

前世の知識を活かしたマサカリ投法もむなしく、魔物が顔を横へ振って弾かれてしまう。

打つ手もなくなり呆然と立ち尽くす俺に、魔物が殺意を込めて飛びかかってくる。

魔物と言っても所詮は獣、攻撃手段は飛びつくことしかないようだ。愚かな犬畜生め、その動きはもう完全に見切っている。

そんなスローな攻撃、何度でも躱してやるわ！

「うぐっ!?」

だが横へと飛ぶ前にあっさりと捕まってしまった。

確かにスローモーションの様に魔物の動きは見えていた。

牙を剝きながら飛びかかる魔物がはっきりと見えていたのだ。

それを躱して蹴りの一つでも入れてやろうかと思ったのだが、この幼い体は脳の出す指示に反応しきれず、行動が遅れてしまったようだ。

「グウゥウッ」

「ぐあっ！」

伸し掛かったまま唸り声を上げる魔物。

押し倒された拍子に骨が折れたのだろうか。体の節々が痛み、そして熱い。

俺はこのままスローモーションでゆっくりと喰われてしまうのか。

それは嫌だな。

「う、あッ――」

泣き叫びたくとも、痛みと恐怖のため声も出ない。

ゆっくりと狼型の口が開くのが見える。

そういえば犬は舌を摑まれると行動不能になると聞いたことがある。死ぬ前に真偽の程を確かめたかったが、もう腕も全く動かなくなってしまっている。

三メートルは優にある魔物に殺す気で飛びつかれたのだ、それもそうだろう。

剣術の稽古は真面目にやっていたのだが、魔物相手じゃ焼け石に水滴を垂らすようなものだったか。

また魔物を撃退してアリーシャの好感度を爆上げしようという甘い考えも持っていた。

惚れ直したアリーシャに上四方固めをかけて一本を取り、父さん直伝の高速突きで昇天させたかったのだが、こうなってしまってはそれも諦めるしかない。

痛みも段々と薄れていく。ファンタジーな世界に生まれたのだ、本当は勇者を目指したり、魔王を倒したり、魔術で無双したりしたかったたな。

「う……」

魔物の口が開き、俺の頭に噛みつこうと迫ってきているのが見える。

次生まれ変わるなら、俺は花になりたい。

邪神の呪いでそれは叶わないかもしれないが、できることならば一輪の花になりたい。

もし花になれたなら、花粉を撒いて雌花を受粉させまくるんだ。眩い太陽の光を浴びて、すくすくと育ち、ご近所さんから遠くに咲く花まで無差別に受粉させせまくってやるのだ。

そう、この光の様に眩しい太陽を浴びて——。

ん？

光？

「ユノくん!!」

アリーシャの叫びが聞こえ、声のした方を見るとアリーシャの体からは目が眩むほどの光が放たれていた。

徐々に光はアリーシャを中心に収束していき、体を包みこむような柔らかな光に変わっていく。

「ユノくんから離れて……」

魔物も驚いたのか、俺から離れて距離をとっている。

アリーシャを警戒しているのか姿勢を低くして唸り声をあげる魔物。

「私のユノくんに何をしてるの……」

アリーシャの目が座っている。この子、実はジト目が似合うかもしれない。

料理をしているところを後ろからおっぱいを触り、是非ともその目で睨まれたい。

「グウゥウ！」

先ほどまでの怯えてへたり込んでいたアリーシャはなく、確かな足取りで一歩ずつこちらへ歩み寄ってくる。

駄目だ、来ちゃ駄目なんだアリーシャ。君は母さんのところへ逃げてくれ。

「ぁ……」

喋ることも動くこともできず、アリーシャに言葉を伝えることができない。

だが次の瞬間、俺は信じられないものを目撃する。

「何をしてるのってッ!!」

光を纏ったアリーシャが一瞬で魔物との距離を詰め、腕を後ろに振り上げ横薙《な》ぎに振るう。振り上げるような平手打ちには光の軌跡が続き、魔物の頬をとらえた。

「ギャインッ！」

横っ面を引っ叩《ぱた》かれた魔物は勢いよくタイルの上を滑走し、十メートルは転がったかというところで壁に当たって止まる。

足を震えさせながら何とかといった様子で立ち上がる魔物。前世で「ぶっ飛ばす」という言葉は何度か耳にしたことはあるが、本当にぶって飛ばされている奴は初めて見た。

だがそれだけでは終わらなかった。

光を纏ったアリーシャが猛然と走り、尻尾を下に丸めて逃げようとする魔物に飛び蹴りを突きさし、魔物は再び壁に叩きつけられ落下する。

「私のユノくんに酷いことをしたでしょ……」

倒れた魔物の尻尾を摑んだアリーシャが引きずり、何度かタイルに叩きつけながら歩いてくる。

「……もう帰ってよぉ!!」

まさに帰ろうとしていたはずの魔物を捕まえていたのはアリーシャだ。そいつは逃げようとしていたぞ。

片手で魔物を一回転させ、校舎入り口の外へと放り投げ、何かが壊れる音と、外から聞こえる悲鳴の合唱。

お帰りを願うにしても、さり気なさの欠片もないダイナミックなぶぶ漬けだ。

なんだ、何が起きているのだ。

怒っているアリーシャを初めて見たが、人が変わったとかいう次元ではないぞ。

「ア……リ……」

俺の僅かな喘ぎを聞いて、アリーシャがこちらを見て心配そうな顔を見せた。

「ユノくん!!」

アリーシャが駆け寄り、魔物が消えて緊張が解けたのだろう、ぼろぼろと涙を流しながら倒れたまま動けない俺の横に座っている。

「死なないでね!?　死んじゃやだよぉ！」

アリーシャは俺に触れようと手を伸ばしはするが、俺の体の傷が酷いのか、結局触れずに上げた手を宙に彷徨わせている。

アリーシャから漏れ出る不思議な光。その光を纏って魔物を撃退するアリーシャ。

それは異様な光景であったように思う。

だがそんな現実離れした光景であるというのに、俺はそれを自然なものとして受け入れてしまった。

「ユノくんてばぁ！」

返事をすることはできそうにない。

痛みもなく、意識も朦朧《もうろう》としている。俺はここで死んでしまうのだろう。

でもよかった。俺がアリーシャを守ることはできなかったが、結果として命は奪われなかったのだ。

アリーシャが死ななかったのだから、それでいいじゃないか。

「お願いだから死なないでユノくん！」

そいつは無理なお願いだ。世界中に散らばったドラゴンなボールを七つ集めてこなきゃ叶えられない、そんな無茶なお願いだぜ。

「お願い、なんでもするから治ってよ！」

言ったな？

言質《げんち》取ったぞ？

なら毎朝、口で起こしに来てくれ。勿論言葉ではなく、文字通り口を使って起こすんだ……なんてそれももう無理なんだよな。

この意識が薄れていく感覚、魂が肉体から離れていく感じ……死ぬんだな、俺。

「やだやだやだ、やだよぉ！　目を閉じないで！」

最期はかっこよく笑って逝きたかったけど、もう頬を動かすこともできそうにない。

でもいいんだ。アリーシャが生きているならそれでいいんだ。

「ユノくんっ!!　治ってってばぁ!!」

アリーシャが俺の名を叫んだ瞬間、アリーシャの纏う光がまた強く輝きだす。

そして俺はアリーシャが放つ光に包まれながら意識を手放した。

——はずであった。

確かに手放したはずの意識が戻り、失っていた手足の感覚もはっきりしている。

「あ、ああ……あれ？　喋れるぞ」

「ユノくん、ユノくん！」

頬すら動かせなかったはずだったが、今は首を動かすことにも難はない。

体の痛みもなくなっているので、上半身だけ起き上がらせて体を触って確認するが、痛む箇所は一つもない。

血が足りないのか少し頭がくらくらするが、体にはその程度の異常しか感じられない。

「怪我が治ってる……？」

「ユノくん、ユノくん、ユノくーん！」

アリーシャが俺の名を連呼しながら縋る様に抱きついてくる。

おやおや、こんなところで始めるのかい？

この様子じゃ将来は俺がどんなに疲れてても求められてしまいそうだが、それは望むところだぜ。

「ユノくん治ったの!?」

「う、うん、なんか治ってる」

「よかったよー！」

体から発せられていた光は収束して消えていき、いつものアリーシャに戻る。

先ほどまでは自然と受け入れられていた光景であったが、今になって改めてそれが異常だと感じ始める。

子供の身でありながら魔物を圧倒するだけの圧倒的な力。

そして体から漏れ出ていた眩い光。

この異常な光景を俺は知っている。

以前、街で出会ったエルフが言っていたやつだ。


これはあれだな……この子、勇者だわ。

◆◆◆◆

訳がわからないまま、アリーシャのお陰で九死に一生を得る。

体に痛みはなく、流れていた血も止まり、赤黒く変色した血が肌や衣服にはりついていた。

体の傷が完全に治っている。これはアリーシャが発現した勇者の力なのだろうか。

以前出会った怪しいエルフの話が頭の中にちらつき、アリーシャが勇者であると確定したかのように感じてしまう。

考えてもすぐに答えが出る話ではない。それよりもなによりも、今はアリーシャに命を救われたことを感謝しなければなるまい。

命を救われた大恩をどう返せばいいだろう。

考えるまでもないことだった。答えは一つ、俺はアリーシャの性奴隷として生きるしかあるまいよ。

彼女に一生を捧げることを誓い、好きな時に好きなように抱かれる愛玩夫になるしかないのだ。そうでもしなければ命を救ってもらったという大恩は返せまい。

というか、そうじゃなければこの恩は返さないし、返したくない！

「ユノくん怪我治ったんだね！」

早速恩返しの催促かい？

いいだろう、まずは頭を愛撫してやる。いえ、愛撫させていただきますご主人様。

「うん、ありがとう。きっとアリーシャのお陰だよ」

アリーシャの頭を撫でると、目を細めて嬉しそうに笑っている。

守りたかったこの笑顔に守られてしまったな。

依然混乱したままだったが、アリーシャの笑顔につられて思わず笑ってしまう。

や、笑っている場合か。守るべきひとに守られて何を笑っているのだ。

人の命を容易《たやす》く奪える魔物。あの狼型の魔物の様な存在が突然現れる世界なのだ。守られてばかりではなく、俺自身が強くならなければいけない。

帰ったら父さんに剣の稽古を改めてつけてもらおう。母さんには魔術を教えてもらおう。

れるはずだ。
頑《かたく》なに魔術を教えることを拒む母さんだが、こんなことに巻き込まれたならばさすがに教えてく

重い腰は父さんの上で降ろしてもらうとして、俺には上げてもらおうじゃないか。

「ユノくんが無事でよかったよー」

足を延ばして座っている俺の股座に、頭をごろんと乗せて笑顔を向けるアリーシャ。

こらこら、そこは世界で一番危険な場所で、獰猛《どうもう》な処女食い蛇が棲む秘境だぞ。

俺の穴根蛇《アナコンダ》がアリーシャに襲い掛かっても知らないからな？

アリーシャはひっくり返り、もぞもぞと俺のシャツを捲る。シャツの中に頭を入れ、両腕を背中に回して抱き着き動かなくなってしまった。

「な、なにをしてるのかな？」

「んー」

アリーシャの柔らかい赤髪が俺の腹部をくすぐる。

いかんぞ……これはいかんよアリーシャ。

「たはー、良い匂いー」

「あん！」

へそを湿ったもので撫でられるという未知の感覚に思わず喘いでしまう。

アリーシャが口を動かしたせいで、唇と舌がへそに当たったのだ。

駄目だアリーシャ。それ以上は俺が妊娠してしまう！

「あ、ああっ、アリーシャ！　ゆっくりしている場合じゃないと思うんだ！　魔物が一匹だとは限らないし、こんな場所にいつまでもいるのは危険だ。母さんと合流しよう！」

「うー、それもそうだねー……」

何故か急に眠そうな声を出すアリーシャ。俺は今、自分がアリーシャの愛玩夫《ペット》であり、肉布団なのだと思い込み始めてしまっている。このままでは状況に流されて一緒に眠ってしまうぞ。

「ほらアリーシャ、立ち上がるよ」

「ユノくんとくっついたまま眠りたいかもー……」

零距離で満足できなくなったら、いつでも中まで侵入してあげるからね。でも今は起きなさい。

「さ、立ち上がって母さんを探しに行こう」

俺のアナコンダが勃《た》ち上がる前にな。

「うぅん……」

アリーシャがもそもそとシャツから顔を出し、俺の腹に顎を乗せて見上げている。

「あのね、離れたくないから手を繋ごう？」

「ん？」

「えーとね、ユノくんがどっかに行っちゃうのはイヤなの。でも手を繋いでおけば離れないでしょ？」

アリーシャは俺を喪《うしな》うのを恐れているのか。さきほど俺が死にかけたことで、少女の心に小さくない傷を残してしまったようだ。

「どこにもいかないよ」

そう言ってアリーシャの手を握って一緒に立ち上がる。色々と聞きたいこともあったが、今はアリーシャの心が落ち着くのを待つとしよう。

魔物がまた来ないかと、後ろを警戒しながら母さんを探して校舎の中を歩く。慌ただしく駆け回る大人たちをちらほら見掛けるのは、魔物が出たということをテトラが伝えてくれたからだろう。まだ本格的な騒ぎになっていないところを見るに、半信半疑だが確認しないわけにもいかず、正確な情報を求めて慌てていると言ったところか。

母さんがこの騒ぎを聞きつければ、校舎をぶち壊して俺を探しに来てしまうかもしれない。そうなる前に早く合流しよう。

「……」

玄関ホールから校舎の中に入り、母さんを探しながら歩いていると、アリーシャが股を閉じてもじもじしだす。

「アリーシャどうかしたのかい？」

「えっ……うーんとねー？　うぅー」

珍しく歯切れの悪い返事をする。もしかしてどこか異常があるのだろうか。

アリーシャは魔物を撃退する際に体から光を放っていたが、よくよく考えればそれは普通のことではない。いくら魔力や魔術が存在する世界であっても子供が巨大な魔物を撃退するなどそうある話ではない。

「ううん、だいじょぶ……かも」

「本当に大丈夫なのかい？　僕のせいでどこか怪我をしたなら隠さないで言ってね？」

筋肉もろくについていないような子供が魔物をぶっ飛ばし、片手で放り投げたのだ。筋線維が傷付き、骨にも異常が出ているのかもしれない。

そんな不安を抱き立ち止まる俺の横で、アリーシャは上目遣いで俺を見る。

「うーんとね、あのね……そのね……」

こんなアリーシャを見るのは初めてだ。心配と可愛さで股間が張り裂けそうだ。

「お漏らししちゃった」

最高かよ。

「最高かよ」

いかん、喜びのあまり思わず口に出してしまった。

お漏らしを口に出してもらうのは歓迎だが、口に出していい言葉ではなかったな。

「違うんだよ!?　あのねあのね！」

アリーシャには俺が何と呟いたかは聞き取れなかったようで、少し焦った様子で話し始めた。

「魔物がこっちに走ってきた時に転んだでしょ？　その時少し出ちゃったかもなの……」

魔物が現れた時にはリーチだったわけか。

「うん、それで」

アリーシャのお漏らしカミングアウトを一字一句漏らさず聴こう。

いいや、これは決して強制しているわけではないのだ。アリーシャが喋りたいというのだから聴いてやらねばなるまい。それが大人の余裕というやつだと俺は思う。

それに勇者に関わる重大な秘密が隠されている、あるいはあの力の秘密に迫るヒントがあるかもしれない。ここは詳しく聞かせてもらうべきだろう。

やましい気持ちなど微塵もない。アリーシャが恥ずかしそうにしているのを見て興奮しているなんて、そんなことは絶対にない。絶対にないから早くその可愛いお口で恥ずかし告白をしておくれ。

「でね、ユノくんを助けたいって思ってたらお腹の下が温かくなってきてね。でもそれがなんだかわからなかったんだけど――」

「うん」

「その時にしちゃってたのかもー……」

アリーシャの説明は一分にも満たないものだった。

だがその僅かな時間には、俺の生きた四百年分の幸せを全て集めても敵わないほどの圧倒的幸福が詰まっており、そこに確かな永遠を感じていた。

「みんなには内緒にしてね！」

アリーシャは顔をさくらんぼのように真っ赤にして、首を傾げてにこにこ笑っている。

失敗しちゃった！

みたいな軽いノリでお漏らしを告白する様が、俺の心の童貞な部分に響き、童貞棒《さくらんぼう》は収穫されたそうにうずいている。

アリーシャがやっと本来の調子を取り戻せたようなので俺も一安心だ。

さっきまでの取り乱した姿は夢か幻か、いつも通りの満面の笑みを見せてくれている。

やはりアリーシャはこうでなければいけない。

アリーシャが泣いている顔など、もう二度と見たくはない。

それにしても、お漏らしを男子の前でやらかしておいて笑っていられるアリーシャは凄まじい精神力をお持ちだと思う。

——お漏らしと言えば前世で仲が良かった加藤君だ。

彼はある日、親友の俺にだけは隠し事はしたくないと、オムツを穿《は》いて高校に登校していることをカミングアウトしてきた。

授業中やテスト中、女子と話している時、下校途中の電車内、彼は度々放尿をしているのだと語った。

特に女子と話している時にする背徳感は凄まじく、臭いでばれる前にトイレに駆ける自分が、正体をばれてはいけないスーパーヒーローになった気分になるのだと、微塵も共感できない話を熱く語ってくれた。

そんなことを真正面から目を合わせて告白されても、正直どんな顔をしていいかわからない。それは俺に語らず墓まで持っていくべき話だろうし、是非そうして欲しかった。

だが、加藤君がそんなカミングアウトをした翌日に事件は起きる。

「たとえ一発だけの関係で、それが一方的な愛であっても妥協してヌくのは相手にも自分の愚息にも失礼なことだ」

という独自のオナニー論を元に、最高の一発のために夜遅くまでネタを探していた加藤君は、納得のいくネタが見つからずにヌケないまま夜更かしをしてしまう。

その結果、加藤君はアラームに気付かぬほど熟睡してしまい、登校時間ギリギリに慌ててオムツを装着して家を出た。

慌てる様な状況であっても、我々が靴下を履くような感覚でオムツを穿くことを忘れないというのが、加藤君の異常性を如実に表している。

だが慌てて装着したというのがいけなかった。加藤君は自身が装着したオムツの締めが甘く、隙間ができていることに気付いていなかったのだ。

制服の下のオムツが緩んでいるとも知らず、ホームルームの始まる寸前に登校してきた加藤君は、自分の席に座るなり、いつも通り朝の一番搾りをフルスロットルで撃ち放った。

しまった……彼がそう思った時にはもう遅かった。

そもそも閉まっていない、閉まりが緩くなっているのだ。

堰《せき》を切った鉄砲水のように加藤君の老廃物はオムツの隙間から溢れ出し、止めることは敵わず、見る見るうちに彼を中心として広がっていく。

気付けば彼の周囲には広大な加藤湖が作り上げられていた。

わざわざ大量の水分を補給しながら登校していたのが仇《あだ》となったと後に彼は語っていたが、反省するのはそこではない。

「キャアアア！」

「かと……加藤ッ！」

異変に気付いた隣りの席に座る女子の悲鳴。教師の怒号。光る携帯電話のフラッシュ。

教室は興奮と恐怖と狂気に包まれ、加藤君は天井を見上げてただ黙しているのみであった。そして全てを出し切った加藤君は席から立ち上がり、こう言った。

「トイレに行ってきます」

今更である。

俺たちの教室を汚す前に、最初からそうして欲しかった。

その後、加藤君はトイレから戻ってくることはなく、自身の粗相の跡を片付けることもなく早退した。

そして一週間経っても彼は学校に来なかった。元々女子から警戒されていたのもあってか、不登校になってしまった加藤君に対してのクラスメイトの反応は冷たい。

「いつか何かをやると思っていた」

いや、彼は毎日やっていたのだ。

「新聞に載った時のためのコメントは用意しておこうぜ」

それについては俺も賛成だ。中学校の頃の卒業アルバムは俺に任せろ。

「でもこれで不穏の種が消えたね」

流石にそれはあんまりな言い方ではなかろうか。

盛り上がるクラスメイトたちの加藤君の陰口は止まらない。

最終的には、このままドロップアウトしてくれた方が日本社会のためだとまで言われる始末であった。

彼は頭は悪いが妙に勉強ができ、成績も学年で常に上位にランクインしていた。

そんな彼が日本を引っ張るトップ陣を目指してしまえば、いずれ日本は尿で沈んでしまうかもしれない。そうなるぐらいならば彼がここでリタイアしてくれれば、それだけで日本の国益が守られる。

皆、本気でそう考えていたのだ。

しかし現実とは残酷なものである。

残念ながら彼は放尿事件から二週間後には登校してきたのだ。

尿と同じくどこから漏れたのか、彼のオムツ放尿の話はいつのまにか学校で知らない者はいない、周知の羞恥《しゅうち》な事実となっていた。

だが彼は周囲が出す雑音に怯むことなく、彼を覆う嫌悪の空気に屈することも無く、彼は自分の在り方を曲げずにオムツを穿いたまま無事卒業し、そして一流大学へと進学していった——。

そんな鉄のようなメンタルを持つ加藤君でさえ、壊れた心を修復するのに二週間はかかるのがお漏らしである。だというのに、この少女は「みんなには内緒にしてね！」と、ちょっと顔を赤らめて終わりだ。

これが勇者の力だとでも言うのだろうか。勇者はお漏らしなんかには屈しないのだ。

しかし排尿に忌避感がないというのは将来に莫大な期待が持てる。

加藤君の時の様な吐き気を催す臭気もない。ファンタジーなこの世界のことだ、きっとレモネードの様な甘酸っぱい味がするのだろうな。

レモネードは大人になったらいただきますゆえ、それまで寝かせて風味を増しておくんだよ。

「大丈夫、誰にも言わないよ。二人だけの秘密だ」

「うん！　二人だけのね！」

ロマンチックな約束をした風に見せたが、実際そんなことはない。

だがアリーシャはどこか嬉しそうにしているので、これでよかったのだろう。

流石のアリーシャも他の人に知られるのは恥ずかしいようなので、お漏らしの件を本当に内緒にしてあげないといけないな。

「なら誰かにばれないように、下着は洗った方が良いんじゃないかな？」

証拠があってはいかんだろうと、おパンツ様を洗う提案をする。

「はえー……やっぱりユノくんは頭がいいねぇ」

お漏らし娘は尊敬の眼差しを送ってきているが、どうやら洗うという発想に至っていなかったようだ。

この子は本当に大丈夫なのだろうか。将来はつきっきりで世話をしてやらないとダメかもしれない。何の世話をするかって、それはおまえ何もかもだろ。つきっきりで突きっきりだ。

「じゃあ洗ってくるね！」

そう言うなりアリーシャは、ワンピースをたくし上げておパンツ様を脱ぎ始める。

何をやっているのだ、このお漏らし露出狂娘は。まったく最高かよ。

「あ、アリーシャ！」

おパンツ様を脱ぎ切る前にアリーシャを止める。

「なにぃ？」

いや、なにぃじゃなくナニィが見えてしまうだろ。

思いがけないサービスシーンに童貞《うぶ》な俺の心は大いに混乱している。

このまま見ていたい気持ちもあるが、彼女の情操教育上それはよくない。

アリーシャは俺が育て、俺がいただくのだからしっかりと注意した方がいいだろう。うっかりよそ様の前でお股をさらすような子にさせてはならない。

「異性の前で妄《みだ》りに服を脱いだり肌を見せてはいけないよ。それは両親であるゴードンさんやシャーラさんの品格を問われることにもなる。なにより君のためにならないんだ」

そして俺のためにもならないんだ。

「むずかしくてよくわからないけど、ユノくんの前だから脱いだんだよ。ダメなの？」

可愛く首を傾げるアリーシャ。守りたい、その角度。

「いい……ダメだよ」

可愛いので危なく許可するところだった。理性よ、感情に流されずに仕事をしろ。

「なんで？」

俺の相棒が愛棒になって暴れん棒になっちゃうからさ。

「女性の裸は大切な人に、大切な時にしか見せちゃいけないからだよ」

俺以外に見せたら泣くからな。愛棒と一緒にビャービャー大泣きしてやるからな。

「うーん……わかった！」

あっ、多分わかってないなこれ。どう伝えれば理解してもらえるだろう。

アリーシャにもわかるような言葉を考えていると、嬉しそうに、そして笑いながら片手でおパンツ様を脱ぎ去った。

「いや……いやいやいや」

やっぱりわかっていないじゃないか。

脱いでしまったものはしかたない、そのパンティをこっちによこしなさい。

俺が洗ってきてあげよう。

「なんかね、お股がスースーする！」

スースーするところを吸う吸うしてもいいかい？

そう言いそうになるのを堪え、片手でパンツ様を握ったアリーシャとトイレを探す。

この世界には上下水道もあれば、トイレも存在する。

全ては魔石と呼ばれる魔力を含んだ石を使った、魔導具によるものなのだが、それによって前世にも勝るとも劣らない生活環境が整っている。

だが初めて訪れた学校のどこにトイレがあるのかは見当もつかない。

人に尋ねようにも元々学校は休みの日だったため人は少なく、職員たちも校舎の外へ出て行ってしまったのか、人の気配がない。

ノーパンのままのアリーシャは繋いだ手をぶんぶんと振っているのは、もしかしたらノーパンの開放感を覚えてしまったからか。だとしたらこの子は露出するのが癖になってしまうかもしれないな。

「穿かない方が楽かも！」

やはりそうだ。その意見には大いに賛成したいし尊重してあげたい。

穿かない方が儚《はかな》いもんな。

でもおパンツ様はちゃんと穿かなきゃ駄目なんだ。脱がす手間もまた男の喜びであり、憧れなのだから。

「だってトイレに行く時も脱がなくてもいいんだよ!?　凄くない!?」

それは加藤君的な発想だから今すぐ捨てなさい。

「一石二鳥かもしれないけど、下着はちゃんと穿きなさい」

「いっせきにちょうってなに？」

「一つの石で二羽の鳥を落とす。つまり一度で二つ得できるってことかな」

「ふーん？」

アリーシャは天井を見上げて考え込んでいる。その顎のラインを指でなぞりたい。

いやいや、今は少女にいたずらをしている場合でもないし、少女にいたずらをして良い場合などない。

「なるほどぉー？」

考えがまとまったらしく、アリーシャは正面を向いて、うんうんと頷いている。

何をしても可愛い子だこと。


校舎内を散策していると、校舎の二階、廊下の途中にある手洗い場らしきものを見つけた。前世の小学校にあったような洗い場に、小型の汲み上げ井戸がついている。洗い場の前には小窓がついており、外の様子が眺められるようになっていた。

「あっ、アリーシャ、あそこはどう？」

あそこと言ってもアリーシャのアソコの具合を聞いたわけではない。

アソコからも水は出るが、俺が言ったのはあそこだ。

「どうやって使うのかな？」

「多分、こうかな」

鉄製のポンプを上下させると水が流れ出る。

水が出るまでにタイムラグがないのは何らかの魔石の効果だろうか。

「はぁー、ユノくんは何でも知ってて凄いね！」

リアルな女体に関しては何一つ知らないけどな。

「騒ぎを聞きつけた母さんも、僕たちを探しているかもしれないから急いで洗おう」

「そっか！　急いで洗うね！」

素直だ。将来は何でも言うことをききそうだな。

「僕はすぐそこにいるから」

繋いでいた手を離して近くに待機すると、アリーシャは手洗い場にのぼり、流れ出る水に下半身を当てながらパンティーを洗い始めた。

「な、なにしてるの？」

「うん？　一発二兆？」

違う、俺が教えたのは一石二鳥だ。落とせる鳥が一兆倍増えてるぞ。アリーシャと一発できるなら二兆円ぐらいつんでもいいけど、そういう話でもない。

「ちべたーい！」

キャミソールをたくし上げ、下半身を完全に水で濡らしているアリーシャ。

もしそのポンプから魚が飛び出してきて、誤ってお股に入ってきて処女を喪失したらどうするつもりなのだろうか。

どうもこうもないが、この子にはそういった想像力が欠如しているように思う。

もっと危機感を持ってほしいものだが、アリーシャにそれを求めるのは難しい。

やはり俺が強くなって守るしかないようだな。

「水がちべたーい！　ひゃー！」

「風邪をひかないよう、すぐに終わらせようね」

「うん！」

下半身をじっくり観察したい気持ちはあった。だがアリーシャは俺の前だから脱いだのだと言っていたのだ、信頼して脱いでくれた少女を視姦するなど言語道断。

俺は誇り高き童帝だ。性に対する微妙な線引きを大切にしたい。

それにお風呂は何度も一緒に入っているので見るのはこれが初めてという訳でもない。幼いアリーシャの体を見ても、湧き上がるのは性的興奮ではなく罪悪感だけだ。

「冷たいですねー」

アリーシャは楽しそうに笑って、小さな下着を小さな手で洗っている。

しかしあれだな。目の前にノーパンの少女がいるのに、ただ待っているだけというのも拷問に近いな。このまま悶々《もんもん》としていては間違いを犯してしまいそうだ。気を紛らわせるために、さっき俺の怪我を治した魔術について聞いてみるとしよう。

「アリーシャはさ、前からあの不思議な力が使えたのかい？　ほら、僕の怪我を治してくれたやつ」

「ううん、初めてだよ！」

なるほど、俺はアリーシャの初めてをもらってしまったわけか。

これはもう責任を取らなければいけないいな。今夜あたりゴードンさんにアリーシャを妻にもらうと言いに行こう。

「そっか。じゃあさ、どんな風に使ったの」

「なんかねぇ、ユノくんを助けたい助けたい助けたいって、いっぱい考えたらできたよ？」

うむ、可愛い。可愛いがさっぱりわからん。

「そうなんだ」

「そうなんだ！」

笑顔が眩しいノーパンティ娘。

もう二度とイエスパンティじゃなくても良い気がしてきた。

大丈夫、俺がアリーシャのパンティになって、君のお股は俺が守ってあげるから。

俺の顔をパンティだと思って存分に漏らしてくれ。

「漠然とした想いだけでも魔術は発動するのか。じゃあ母さんは何故詠唱するんだろう……」

いつも詠唱の文句が違うので、それがまた余計に俺を混乱させる。

「うーん……アリーシャは詠唱なんてしてなかったよね？」

「えいしょう？」

「あ、いや、わからなければいいんだ」

「うん、わからないからいいですね！」

考えれば考えるほどに深まる謎。

知ろうとしても知ることができないなんて、これではまるで女体の神秘だな。

やはり一旦帰ってから母さんに聞いてみるとしよう。普段は子供に魔術は早すぎると言って教えてくれないが、今回ばかりは駄々をこねくりまわすぞ。

でもその前に試しに何かイメージしてみようか。

開いていた洗い場の窓へ両手をかざし、遠くに見える山に手のひらを向ける。

詠唱なんてしなくてもアリーシャはできたみたいだし、もしかしたら俺にも火ぐらいは出せるかもしれないと、目を瞑《つぶ》って火をイメージする。

怪我を瞬時に治すような桁違いなものでなくてもいい。

手のひらからポッと火が出る程度でいいんだ。

「火、火、火、火……」

頭の中で蠟燭《ろうそく》の火や、焚火《たきび》の炎を想像するが、一向に手からは出てくる気配がない。

「おっ」

しかしアリーシャが言っていたように、下腹部からじんわりとした熱を感じる。

これは尿意ではない、これこそが魔力なのだろうか。

こんな感覚は今まで味わったことがない。妄想を日課としているが、ここまで具体的な力が体に漲《みなぎ》ることなんてのは一度もありはしなかった。

なんかいける気がするぞ。

「ううぅぅ――」

強く激しい炎をイメージして更に念じる。

「炎よぉ……出ろ！」

「あふっ！」

アリーシャが子供とは思えない色っぽい声を出した瞬間、二階の窓から見える森の、その更に奥にそびえる山の頂《いただき》から火柱が立ち昇る。

火山の噴火などというレベルではない。山頂を覆うほどの炎が雲を貫き天へと伸びていき、流れていた雲は衝撃波に流されて円形に吹き飛んでいく。

「あれ……？」

噴火させちゃった？

【第七章】いっぱい出たね

「はえー？」

山頂から伸びた炎の柱はすぐに消えてしまう。今のは本当に噴火だったのだろうか。俺が使った魔術……なのでは？

「やぁ、まさかね」

剣術の稽古だって三年近くやってようやく芽が出てきたかどうかというところなのだ。思い付きであんな凄そうな魔術が使えるわけがないじゃないか。

「はぁーえー」

アリーシャは口をあけっぱなしにして俺と山を交互に見る。

そんなに大きな口をいつまでも開けていると、俺の股間の富士山が口の中で大噴火しちゃうぞ。

水が止まっていたので、ポンプを動かしてもう一度水を流してやろうとするが、俺はアリーシャの下半身を二度見してしまう。

突如現れた炎の柱にアリーシャは驚いたのか、またお漏らしをしていたのだ。

どうやら露出だけではなくお漏らしも癖になってしまったようだ。

よいよい、そのままの君でいてくれ。世界に一人や二人ぐらいはびっくりした拍子にお漏らしをしてしまう女の子がいてもいいではないか。

だが時と場所は選ぶんだぞ。俺が結婚指輪を差し出して、「結婚しよう」とキメ顔を作っている時にお漏らしをされてしまっては困……いや、困らないな。

それはそれでありだ。お漏らしをしてしまったアリーシャの薬指に指輪を通し、愛棒はお漏らしをしたアリーシャの穴に通される。それだ、それでいこう。

「今のユノくんがやったの？」

馬鹿か俺は。なんで求婚の算段を立てているのだ。

今はもっと考えるべきことがあるだろうに。

「あーいや……どうだろう」

アリーシャとの妄想に気を取られていたが、もし今の火柱が自分で放ったものならば、それはとんでもないことではないか？

だが、たまたまあそこに火柱が立ったという可能性もなきにしもあらず。

今までの常識も理《ことわり》も違うファンタジーな世界だ、何があっても不思議じゃない。

通りすがりの魔法使いさんが気晴らしに火柱を立てていったなんてオチかもしれない。

「いつもよりずっといい匂いがするよ？　なんか……好き」

頬を朱に染めて俺を見るアリーシャの目は何故か潤んでいる。この幼さでなんて色っぽさを持っているのだろう。

俺もアリーシャが大好きだ！

そう言って抱きしめそうになるが、体が言うことをきかない。

「あれ、あれれ……」

「どうしたの？　まだ痛いところあるの？」

どうしてか体が重たい。この不愉快な気怠《けだる》さ、これが魔力を放出したという感覚であるならば、あの火柱は確かに俺の使った魔術であっているのかもしれない。

「大丈夫、ちょっと眩暈《めまい》がしただけだから。それと確証はないけれど実感としてはあるから、あの火柱は僕がやった……のかな？」

魔術を使えたという興奮はある。しかし体を襲う倦怠感が俺を冷静にさせる。

まるで一発出した後の賢者タイムだ。

俺は魔術師ではなく賢者になってしまったのか。

「はー！　ユノくんはやっぱり凄いんだね！」

夜もきっと凄いことになるぜ。将来を楽しみにしておきなさい。

「う、うん。それよりも急ごうアリーシャ」

母さんが俺たちを探しているかもしれないことを思い出しアリーシャを急《せ》かす。

「あっ、まだ乾いてないよ？」

どさくさ紛れにアリーシャのパンティを奪い取って水を搾り、手を繋いで洗い場からおろして、足にパンティを通してやる。

特に抵抗もなくパンティを渡し、素直に足を上げるアリーシャは本当に俺を信頼しているのだろう。この信頼は裏切れない。

「冷やや〜、お股がちべたーい！」

笑っているアリーシャの手を引き校舎の中を走る。母さんにアリーシャの下半身が何故濡れているのか聞かれたら、なんと答えようか。

ゴードンさんなら、「何故アリーシャの下半身が濡れて……ユノ、貴様っ！」などと下種《げす》の勘繰《かんぐ》りをかましてくるかもしれないが、あの人は基本的に無視しておけば無害なので大丈夫だ。


一階の玄関ホールに戻ると、職員らしき人たちが騒いでいた。

「魔族領との境にある山で、大規模な魔術行使が観測されたそうだ！」

「魔物が現れたと思ったら、次は大規模な魔術なんて――」

どちらとも俺が関わっている気がするので事情を説明したいところだが、今は母さんと合流するのが先だ。

そこで、手のひらから火の魔術を浮かべながら、きょろきょろと辺りを見渡している母さんを発見する。

騒ぎを聞きつけて戻ってきてくれたのだろうが、あの不穏な手はなんだ。

「母さん、僕たちはここです！」

「ユノ！」

母さんがこちらに駆けてくる。怖いからその火は消してくれ。

「魔物が出たって言っていたけど大丈……ちょっと、ユノ、血……」

目の前まで来ると火は消し、ものすごい速さでしゃがみこんで目線を合わせて肩を摑む。

摑む力が強いため少し痛いがこれはこれでいい。美女が俺の体に強く触れていると思えば、この痛みも極上な味わいとなる。だがこれ以上続けられると肩が性感帯になってしまいそうなので、そろそろ力を緩めてほしい。

「痛いです母さん」

「怪我をしてるの!?」

鼻と鼻がぶつかるほど顔を近づけ、体を恐る恐る触る。

鼻腔をくすぐる甘い匂いは、母さんが好んで使っている香水だ。

将来はアリーシャも香水をつけるのだろうか。できればアリーシャ本来の香りを楽しみたいところだが、きつくない匂いならば香水でも歓迎だ。

「怪我はあるにはありましたが、今はこの通りです。なんともありませんよ」

腕を動かし自身の無事を証明するが、母さんは落ち着かない。

「あっ、神官団がいたのね!? 滞在してる大司教の息子が入学するから待機させるって、お父さんから聞いていたわ。よかった、神官団の治癒魔術は多少の怪我なら、すぐ治せるものね……アリーシャも無事なのね!?」

「はい！　ユノくんが守ってくれました！」

命を救ってくれたのはアリーシャなのだが、彼女の中では自分が救ったというよりも守られたという意識の方が強いようである。

「いや、僕が助けられた方なんだけどね」

「下着を穿かせてもらいました！」

待ちなさいアリーシャちゃん、そこは秘密にするところじゃなかったのかい？

それを言うと芋づる式にお漏らしもばれるんだよ？

俺のお芋さんでお口をふさぐしかないのかな？

「……アリーシャが下着を穿かせてもらって、ユノが血だらけということは……まさか性交を⁉」

え、性交ってそんなに血が出るものなの。嘘でしょ。

俺が童貞だからってからかってるんだよね？

田舎は娯楽が少ない分そういったものが進んでいると聞くが、いくらなんでも六歳ではしないだろ。

「落ち着いてください母さん。この血は自分のもので、魔物に襲われた時に――」

「また魔物に遭遇したの⁉　じゃあこの血は魔物に⁉」

「はい、校舎内に魔物が出たのですが、騒ぎには気付きませんでしたか？」

「気付いていたわ。でも魔物は見ていないと門にいた守衛が言っていたの。だからいたずらじゃないかって話をしていて、でも校舎内では騒ぎになっているし、ユノはみつからないし……あーユノ、どうしてこんな！　やっぱりユノは家から出しちゃ駄目なのね！」

おかしい。あれだけの大きさの魔物だぞ、誰も見ていないわけがない。

確かに魔物は突然そこへ現れたように見えたし、外にいるひとたちもアリーシャが外へぶん投げたことで、初めて魔物の存在に気付いたかのように騒ぎ始めていたな。

　まさか本当に瞬間移動か何かで現れたのか。

「とにかく二人とも無事なのね。魔物はどこへ行ったの、今度こそこの世から影も残すことなく消し去ってやるわ」

　いつもは優しい目をしている母さんがいつになく鋭い目つきになり、思わずお漏《アリーシャ》らししそうになる。美人が凄むとゾクゾクするな。

「魔物はもう学校から出て行ったと思いますが」

「……門以外から逃げたのかしら。でも守衛は魔物なんて見ていないと言っていたわ」

　そこまで見ている余裕はなかったので、なんとも言えない。俺がアリーシャにパンツを穿かせ、股間の魔物を震えさせている間に討伐されたのかもしれない。

「うーん……魔物が出て、そして僕が襲われたのは、この服に着いた血でしか証明できません。困りました」

「ユノが嘘をついているなんてこれっぽっちも思っていないわ。それに賢いユノの困った顔も、可愛くてお母さん変になりそうよ」

　母さんが変なのはいつものことだ。

「私もユノくんのその顔可愛いと思いました！」

　手を上げて発言するアリーシャに、母さんは立ち上がり手を差し出し握手を求めている。

　敵であると同時に、アリーシャのことはそれなりに認めているのかもしれない。

しかしアリーシャには伸ばされた手の意図が読めず、手の下に入って頭を撫でてもらおうとしていた。

「くっ……あざといわね……」

まだ六歳の少女なのだ、握手などわからなくて当然だと思う。

手を差し出されると撫でてもらえると思っているのか……この習性を利用して、愛棒をアリーシャに差し出せば、誤って撫でてくれるかもしれないな。試すか？

「一度家に帰りましょ。離れの山で強大な魔術行使が観測されたとも聞いたわ。通達が来るほどの魔術を使う魔術師なんてこの辺りにはそういないわ。魔物か、あるいは他種族の仕業の可能性もあるわね」

それ、俺のせいかもです。まあそれは後で話すとしようか。

「どちらにせよ良くない兆候だわ、入学の申請も別日に改めましょう。お父さんが帰ってきたら今日あったことを話してちょうだい。学校に魔物が出るなんて前代未聞よ、ギルドにもこの件は急いで調査させなきゃいけないわ」

「はい、わかりました。上手く話せるように頭でまとめておきます」

三人で初等学校から出て、街を抜けて家路につく。

魔物が出たというのに街は普段と変わらぬ姿を見せ、まるで魔物など現れなかったかのように賑わっていた。

魔物の一匹ぐらいならば街にいる冒険者が何とかするだろうし、もしかしたら魔物は既に討伐されたのかもしれない。そう考えるのが自然な気もするが、どうにも腑に落ちない。

家に着く頃には夕暮れ前になっていた。

陽が沈むのはまだ先だが、街灯もないこの辺りでは暗くなるのは早い。

「ご飯を食べたらユノくんの家にお泊まりしていいか聞いてみるね！」

「うちはお断りよ」

母さんは拒否の姿勢を示すが、アリーシャは気にした様子もない。

魔物に襲われた後だというのに当たり前の様にそんなことを言うのは、手を繋ぎたかった時と同様、離れたくないからか。

もうずっと繋がりっぱなしになりたい可愛さだな。

「今日は色々とあったから、そのことを父さんに話してから僕が迎えに行くよ」

泊まりに来て、俺を抱き枕にするアリーシャは実に可愛い。俺の服に涎《よだれ》を垂らしてしまうこともあるが、それを何度いただこうかと葛藤したか。

「うん、じゃあ待ってるね！　またねユノくん！」

「今日はありがとう。話はまた後でしよう」

「うんいっぱいしようね！」

いっぱいしようね……なんて素晴らしい響きなんだ。

大人になったら夜のベッドでもう一度、いや、何万回も聞きたい言葉だ。

特に自分の力を気にするでも、俺が使った魔術のことを聞くでもなく、アリーシャは自分の住む家へと帰っていった。

アリーシャの背中を見送り、俺も木製の玄関の扉を開けて母さんに先に家に入ってもらう。

「お父さんはまだ帰っていないけど、ルイスの靴はあるわね。良い子でお留守番できていたようだし、うちの子は本当にお利巧《りこう》さんね。誰に似たのかしら……まぁ私よね」

これはツッコミを入れていいのだろうか。

いや突っ込むのは父さんの役目だったな。

「さぁユノ、服を脱いで。学校にいる神官がいても、ちゃんと治っているか不安だわ」

傷が治った経緯を話していないので、どうやら母さんはアリーシャが治したのではなく神官が治したと思っているようだ。

「怪我はありません。だから大丈夫です」

「本当に大丈夫なの？　とりあえず一緒にお風呂に入りましょう」

とりあえずってなんだ。このレベルの美女と一緒に風呂に入れるならば、前世だったら貯金を全額おろすのにも躊躇《ちゅうちょ》はなかったぞ。

「お風呂は一人で入れますよ」

正直、滅茶苦茶一緒に入りたい。

入っておっぱいが湯船に浮くところをまた拝みたい。幼児時代は上手く体が動かせず母さんに洗ってもらっていたが、あれは地獄のような極楽の日々だったな。

「お父さんみたいに大きくなりそうね」、などと言って俺の未熟な海綿体を洗ってくれたのは、忘れられない良き思い出だ。

もし肉体が精神に依存していなければ、即精通していただろう。

あの日に戻りたいと思う気持ちもあるにはある。しかし俺にはアリーシャという未来の愛妻候補がいるのだ。母親ルートを選んでしまえばその道が断たれてしまうし、何より道徳的にも倫理的にも許されない。

目の前にぶら下がった人参に食いつくお馬さんになってはいけない。俺は股間にぶら下がった人参を食いつかせる側になるんだ。

「ユノは早くから一人でお風呂もご飯もできたものね。母さん寂しい、一緒に入っちゃダメ？」

静まれ、俺の中のアラフォー。美魔女に惑わされるな。

お前がどんなに暴れたところで俺の体はまだ未成熟。だから今は静まれ。

なぁに安心しろ、体が出来上がった暁《あかつき》には存分にお前と愛棒を解放してやるさ。

アリーシャを相手にして、あんなことをしたり、そんなことをしてもらったり、お前が満たされるまで何年でも何十年でも付き合ってやる。

「母さん聞いてください、僕は将来父さんみたいな立派な冒険者になりたいんです。だからいつまでも母さんに甘えていたらいけないと思うのです」

「そんな……父さんも夜は甘えん坊で、甘い味がするのに」

子供になんて話をしているのだ。

「ただいま帰った」

すると甘えん坊が玄関を開けて入ってくる。

お帰り、甘えん坊の甘艶棒さん。

「ん？　どうした、俺がいない間に何かあったのか……？」

威厳たっぷりだが夜は甘えん坊である。妙な親近感が湧いてくる。

「あなた、ユノが魔物に襲われたって。そして私とはお風呂に入らないって言うの」

「お風呂はともかく魔物の話は本当か」

父さんはお風呂の話を軽く流した。母さんの頭を軽く撫でてから頬にキスをし、冷たい印象を与えないあたりが上手い。

それであっさり落ちている母さんは、やはりちょろい。

「はい、父さん。狼型の魔物が学校に出てきました。この通り服は汚してしまいましたが怪我はありません。そのあたりの経緯も含めて詳しく話したいと思います」

「ああ、わかった。だが魔物に襲われても尚《なお》この冷静さ……将来が楽しみだな」

父さんは俺の頭を撫でて笑う。

ここでの将来というのは、俺が父さんと一緒に冒険をしたいという話を覚えていてくれての言葉だろう。

その話をすると号泣してしまうので、今はやめておこう。

「に、兄さん、どうしたんですか……」

ルイスが二階から降りてきた。俺の血で汚れた服を見て目を大きくしている。

「まさかいじめ……？　誰ですか、ボクが誅殺《ちゅうさつ》してきます」

ルイスは本当にやりそうだから怖い。なんたって目が本気だからな。

「大丈夫だよ。いじめではなく、これは魔物にやられたものだから」

「魔物ですか!?」

「うん、だけど怪我はないから心配しないでくれ」

「ということはその血は魔物の返り血で……ふふ、兄さんが葬《ほうむ》ったのですね？　そもそも兄さんがいじめなど受けるわけがないんだ。ああ、見たかったなぁ。兄さんが縦横無尽に駆け回って魔物を翻弄《ほんろう》し、そして止めを刺す瞬間を。剣に滴《したた》る血を払い、その姿はさながら戦神――」

ルイスも俺と同じで妄想の世界に入るのが得意なようだな。俺との違いは言葉にしてしまうところだが。

ルイスの俺に対する偏愛にも困ったものである。まだアリーシャに魔術を放とうとしないだけ母さんよりはましだが、将来はどうなるかわからない。

「ユノ、本当に何ともないのか？」

「はい、怪我はもう治してもらっているので」

「そうか……だが無理はするなよ。とにかく立ち話もなんだ、みんな椅子に座ろう」

流石は父さんだ、司会進行は任せたぜ。

それぞれがテーブルを中心に、自分専用の席に着く。

母さんは俺を抱っこしようとしていたが、汚れてしまうからとそれを拒否する。

あからさまにテンションを下げている母さんが可愛い。

お風呂一緒に入ろうかな。

「それでは話してもらおう。まずどこで何があったかだ」

「先ほども話しましたが、魔物に襲われました。場所は初等学校の玄関を入ってすぐの広間です。魔物は黒い狼型。大きさからして成体だと思います。魔物の見分けがつくわけではありませんが、以前川で遭遇したものと同じ個体なのではないかと考えます」

「本来この辺りには生息しない狼型が二度もユノの前に？　それでどうやって逃げ延びた。随分とボロボロだが、実際に戦った訳ではないだろう。他に襲われた者や、戦った者がいたか」

「はい、僕の他にアリーシャがいました。アリーシャも無事ですし怪我もありません」

お漏らしは二度したが、これは二人だけの秘密だ。

「それと大司教様のご子息様と、その護衛らしき少年たちが二人いました」

「大司教様の？」

「はい、テトラ様という可愛らしいお子さんでした」

「ユノの方が可愛いわよー」

母さんの合いの手を流し、父さんは顎に手を当てて考える素振りを見せる。

「確かにその子供はテトラと名乗ったのだな？　その少年に怪我はないか？」

「はい、間違いなくテトラと名乗り、先に逃げてもらったので怪我もなかったはずです」

寝取られる寸前だったので、ネトラという名前に変えてやってもいいぞ。

「テトラ様の名を知る者は少ないはずで、ユノが事前に知るわけもない、か。わかった、続けてくれ」

納得したのか、話の続きを促す父さん。

その真剣な表情からは、甘えん坊さんだという裏の顔を微塵も感じさせない。

「まずアリーシャとテトラ様を逃がすため魔物と僕が対峙《たいじ》し、皆が逃げる時間を稼ぐために戦闘を行いましたが数秒で制圧されました」

「それでその服の汚れか……ま、まぁいい続けてくれ」

「魔物に飛びかかられ押さえつけられ、僕は死を覚悟しました」

「ユノ死なないで！」

「はい、生きてます」

母さんが俺の話に感情を移入しすぎて、俺が今死ぬものだと勘違いして錯乱している。さっき俺の無事は散々確認しただろうに。

「その時、アリーシャから光が放たれ、それに驚いた魔物は僕から離れました。その後アリーシャが魔物に迫り、そして撃退に成功します」

あれだけ長く感じた戦闘も、話してしまえばこんなものか。

「……ユノが嘘をつくとは思えないが、にわかには信じられない話だな」

「嘘偽りはありません。全て事実です」

「わかっている。では、アリーシャちゃんのような細腕の少女がどうやって魔物を撃退できたのだ。たとえ武器を持っていたとしても不可能だと思うが」

「アリーシャは魔物をひっぱたいて弾き飛ばし、最後は尻尾を摑んで外へと放り投げました」

「……ユノ、頭でも打ったのではないだろうな？」

そうだよな。普通は、はいそうですかと、すぐに信じられる話ではないよな。

「見ていた僕もあの光景は信じられるものではありませんでしたが、事実です」

「いやすまない、最後まで聞こう。どうしてユノが、成体の狼型にのしかかられて無事だったかも教えてくれ」

「僕はいたる所の骨が折れ、血も止まりませんでした。死を覚悟したというのも本当です」

「お願いだから死なないで！」

「はい、死にませんから安心してください」

母さんはどうやら本気で言っているようだ。

「リディア、ユノは死なないから安心しろ。ユノ、話の続きを」

父さんが母さんの頭を撫でて落ち着かせる。司会役を担当しているからか口説き文句ははさまない。

「光を纏ったアリーシャが僕に近付き、一際強く輝くと全身の怪我が治っていました。その後アリーシャの纏っていた光は消え、今に至ります」

お漏らしの件は伏せる。あれは二人だけの秘密であり、アリーシャの弱みだ。

秘密は秘密にするからこそ弱みになるのだ。

弱みを握って何をするのか。そりゃ股間のイカを握ってマグロなアリーシャにナニをするに決まっている。

さぁて、将来はアリーシャにナニーシャしてやるかな。

「折れた骨を瞬時に癒す光だと？　それはまるで治癒魔術じゃないか。いや治癒魔術だとしても、高位の神官でも半日はかかる大魔術だ。一瞬で治すなどありえん」

前世の現代医学でも一日で骨折は治らない。それこそ擦傷《すりきず》すら一日では無理だ。

それと同じで魔術がいくら便利なものでも、一度壊れた体を治すというのは難しいものなのだ。

だがアリーシャは一瞬で俺の傷を癒した。そう考えれば、アリーシャがどれだけ異常なことをしたのかがわかる。

「いえ、実際この体で体験した事実です。そこで僕は仮説を立てました。一つは彼女が高位神官を超える才能を持っているということ」

「母さんはあの女を彼女なんて認めません」

そんな話はしてねーよ。真面目に聞け。

「もう一つは、彼女が勇者であるということです」

「大胆な仮説だが……」

「母さんはあの女を彼女とは認めませんからね！　彼女は私よ！」

いい感じに狂ってきたな母さん。

やかましい母さんとは対照的に、ルイスは五歳児のくせにある程度話を理解しているようで、真剣な顔で話を聞いて黙っている。

全くできた子だ。早いところ妹になってデキる子になってもらいたいものだな。

「勇者かどうかは置いておくとして、ユノが言うのなら全て本当なのだろう」

さすが父さんだ。子供の話だからと一蹴《いっしゅう》したりせず真剣に考えてくれている。

「わかった、この件は明日ゴードンにも話しておこう。ギルドには初等学校内に魔物が侵入したことを報告しておく」

「はい、お願いします」

「ふっ、ユノはしっかりしているな。お前は俺の誇りだ。しかし、体は癒えたとはいえ心はそうもいくまい。しばらくは家で大人しくしていなさい。あとは俺に全て任せておけ」

しっかりもシッコリもしていませんよ。俺も夜は甘えん坊になりたいです。

「ご心配おかけして申し訳ございません。お言葉に甘えさせていただきます」

「ふふ、子が親に甘えるのは当たり前のことだ」

やはり夜の甘えん坊さんの言うことは一味違うな。夜は母さんの子供役をやっているというわけですね。子宮にただいまーとか言っちゃうタイプなんですね。

それでこそ俺の父さんだぜ。

「あなた、今のかっこよかったわ……今夜、ね？」

「う、うむ」

今夜も何も、昼夜問わずやっているだろ。

「あ、そういえばもう一つ言い忘れたことがあります」

そうだ、大事なことを言うのを忘れているじゃないか。

「僕、魔術が使えました」

「は？」

「え？」

両親揃って口を大きく開けて呆然とした表情を見せている。

なんだ、顔芸か？

「ユノ、それは本当のことなのかしら。嘘だったら一緒にお風呂よ？」

あわよくばお風呂を狙ってくるなこの人。

「ええ、炎よ出ろと念じたところ、学校から見える立派な山に火柱が立ち昇りました。我ながらあれは大したものだと……」

「山に火柱というと、観測された大規模魔術の……ユノ……お前」

おかしいな。俺が想像していた両親の驚き方はこういうものではない。

流石はユノだ、とか言って褒められると思っていたんだが。

「ひ、火柱ぁ……」

バンッ、と母が頭をテーブルに打ちつけた音が室内に響く。

かなり強めに頭を打っていたが大丈夫だろうか。

「え、あのっ」

「ユノ、その話も本当なんだな？」

父さんの顔も青ざめているが、一体どうしたというのだ。

「あ、はい、使った直後に体を倦怠感が襲ったのですが、それが魔力を放出したという感覚で間違いがないならば……」

「そうか……」

なんだこの空気は。俺は何かやらかしたのか。

「あの、やっぱり山に魔術を撃ったのはまずかったでしょうか」

もしかしたらあの山は、霊験あらたかな山で、格式あるものだったりするのだろうか。それこそ神様が祀ってあるとか。

「いや、そうではない。そうではないのだが……」

父さんの続く言葉を待つ。

母さんが気絶するような何かを俺はしてしまったようだし覚悟は決めておこう。

「ユノ、男はな……魔術を使えないものなんだ」

「え？」

なんて？

【第八章】大人しく生きて、大人らしくイキたい

「もう一度言うぞユノ。男はな、魔術を使えないのだ」

アリーシャのお漏らし告白にも匹敵する衝撃を受けて、危なく俺もお漏《アリーシャ》らししてしまいそうになる。

男は魔術を使えないって、まさか俺は女の子だったのか？

それとも男の娘《こ》か？

「では、何かの間違いだったのでしょうか」

俺が見たあの火柱。そして下腹部に集まる熱と、体から何かが抜ける感覚。

あれが幻覚や錯覚の類だとは到底思えない。

「ユノが嘘を言ってないならば、そうであってほしいと願うばかりだ」

何だ、まだ重い空気が続くのか。重いのは女の子からの愛だけでいいのに。

「……魔術はな、基本、女しか使えないものなのだ」

では俺についているこの愛棒はなんなのですか！

今までも生殖器として使われることのなかった俺の愛棒は、ただの老廃物排泄装置なんですか！

「ただし例外がある。それは大よそ三十年以上女性との性交渉……性交渉はわかるか？」

「はい、何となくですが」

嘘です、これでもかってほど詳しいです。

筆記ならば百点満点で千点を取れる自信があります。実技はまだ経験がないのでなんとも言えませんが、これも自信があります。何故ならばこの世界にきてからは一日たりともイメージトレーニングを欠かしたことがないからです。

齢《よわい》六歳にして二千回以上の妄想セックスをしています。この調子でいけば体が成熟した頃には一万を軽く超えていることでしょう。

「そうか、では話が早いな。人族の男は三十年以上性交渉をしないことで、魔術師となることができるのだ」

……じゃあ十二回転生し、通算四百年生きたことで、俺は知らず知らずのうちに膨大な魔力を得ていた……つまりはそういうことかい？

そうじゃなければあんな火柱を六歳の子供である俺が放てるわけがない。

神様め、なんにも特殊な能力はくれないと言いながら、しっかりあるじゃないか。

「我々人族の男というのは魔術回路が未発達なまま生まれてくる。どの生物もそうなのだが性交渉をしないことで体内に魔力をためることができ、その魔力を更に貯蓄するため徐々に魔術回路という器官を形成することができるのだ。だから魔術を使える男と言うのは、性交渉自体を禁忌《きんき》としている者、或いは修行のために禁欲してきた神官ぐらいのものなのだ」

「はい」

情報の整理に手間取っているがとりあえず頷いておこう。

「魔力とは一種の栄養で、女性は子を産むために莫大な魔力を必要とするため、早い時期から魔術回路を形成できるのだが、男はその必要がないため遅いのだと言われている」

子供を産むためにも魔力が必要なのか。気になることは多いが今は黙って聞こう。

「人族以外では、魔族などの長命種は男でも生まれつき魔術回路を有しているようだ。だが稀に、生まれて間も無く魔術回路を持つ人族が生まれることがある。歴史上に名を残した人族の魔術師というのは殆どがそういう者だ。そういう者なのだがな……」

歴史に名を残すよりも、子孫を残したい。

だけど名のある魔術師になれば女子にモテるかもしれないな。

「ユノ……」

どうにも父さんの言葉の歯切れが悪い。子供に隠すのは母との性交渉だけにしてください。最多で三日で二十回していますが流石に多いですよ。

妹ちゃんを仕込むにしても、それは俺にばれないようにこっそりお願いします。

「そういった歴史に名を残すような魔術師というのは、みな短命なんだ……」

はぁ、そうきたか。

「詳しいことは長命種である竜人族や魔族、或いはエルフや伝説の賢者様ぐらいにしかわかるまい。前に俺がエルフを見たことがあると言ったと思うが、本来それらの種族は人族との接触を極端に避けるため、見た者、話した者はほとんどいない。だから詳しく知ろうにも聞きようがないのだ……」

あのエルフの男と会ったのはやはり珍しいことだったのだな。

しかしエルフか。短い人生を太くするための目標の一つが決まったぞ。美女エルフをみつけて長生きのコツを聞き、ついでに愛棒に「私専用」と書いてもらうんだ。

「つまり僕は死ぬ時期がひとより早いのですね」

「そういうことになるな……」

魔術が使えるようになって、喜んでいた矢先にこれかよ。そりゃあんまりだぜ。

「いつ死ぬかなどはわかりますか？」

自分の死期を淡々と聞いてしまうのは異常かもしれない。

それもそうだ、今の俺の精神が正常なわけがないのだから。

だがせめて自分の死ぬ時期がわかれば、多少は心にゆとりが生まれるはずである。

「大体の魔術師は極大な魔術を使い、自身の魔術回路を焼き切って死んでいる。未成熟な体にまだ出来上がっていない未熟な魔術回路。極大魔術のような強い負荷には耐えられないそうだ」

極大魔術とはなんだ。あの火柱はかなりの極大魔術感があったが……なるほど、火柱と聞いて母さんが気絶したのはそういう訳か。

だとしたら、もしかして俺はもう駄目なのか？

「魔術回路を生まれつき有した子供たちに限って、強い正義感や信念を持って生まれてくるそうだ。だからこそ、国のため、人のために自分を犠牲にして魔術を使い、命を散らせていく。それが俗に言う神の悪戯《いたずら》なのかは俺にはわからん……」

その時になって父さんが涙を流していることに気付く。

そして今更それに気づいたのは、自分も涙を流して視界がぼやけていたからだ。

涙をぬぐい、父さんを見つめる。

「わからんのだが、魔術回路さえ安定すれば問題はないはずだ。生まれてから三十年以上一度も性行為をしなければ、男でも安定した魔術回路が形成されると聞く」

「……まだ死ぬと決まったわけではないんですね」

精一杯の強がりで、必死に顔の筋肉を動かして笑顔を作ってみるが、どうにも上手くいかない。

母さんが魔術を教えてくれなかったのはそういうことだったのか。

お試しで凄そうな魔術を放っちゃったけど、何事にも理由はあるのだ、考えなしに行動するものじゃないな。

「もちろんだ。明日、知り合いの神官に男の魔術回路について詳しく聞いてくる、間違っても魔術を使っては駄目だぞ？」

「はい」

そういえば男の魔術回路が出来上がるのは三十年間性交渉をしないことだと言っていなかったか？

「早逝《そうせい》してしまった方たちの死因は魔術回路が焼き切れてということでしたが、魔術を使わなければ問題なく生きることができるのでしょうか？」

つまり魔術を諦めるなら性交渉をしてもよくて、子孫を残し邪神の呪いも解けるということか。

「専門的な知識があるわけではないので断言はできないが、俺はそう考えている。そしてそうあってほしいと願っている」

そうか。なら残念だが魔術は諦めるとしよう。命には代えられないからな。

「――ものだッ！」

外が騒がしいな。何だというのだ。今の俺の気分は色で言ったら青、好きなパンティは白だっていうのに。

「――いるかー！」

さすがにおかしいと思った父さんが涙をぬぐいながら立ち上がり、玄関を開けて外を確認する。

「リデルさん大変だ、大量の魔物が町を襲っているんです！」

外に出たところでいきなり横から声をかけられた父さんは、ぴょこんと小さく跳ねていた。

これぐらい臆病でなければ冒険者なんて職業は務まらないのかもしれない。

「大量の魔物？　そんな馬鹿な、大司教視察の件で町周辺の魔物は一掃したはずだぞ」

そんなことをしていたのか。

そのせいで、逃げた狼型の魔物が校舎にまで入り込み俺たちを襲ったのでは？

「それが突然現れたんです！　今は駐屯騎士団が応戦しています、とにかくこの件は伝えましたからね、俺はまたギルドに戻って冒険者たちと連携して魔物たちを駐屯地に追い込みます。リデルさんもあとで合流してくださいね！」

「わかった、隣のゴードンには俺から声を掛けておこう。俺たちは直接駐屯地に向かうが、それでいいか？」

「はい、お願いします！」

ゴードンさんに声をかけるのは、もちろん戦力になるからだろう。

ゴードンさんは大戦斧を使うゴリゴリのファイターだ。何度か試し切りを見せてもらったことがあるが、ただの力任せの怪力ゴリラという訳でもなかった。

子供には持ち上げることすらできない重い戦斧を使うには、重心の取り方と戦斧の重さを利用する技術が必要らしい。

奴は文明の利器を巧みに使いこなすテクニシャンなゴリラであり、アリーシャ攻略において避けては通れないイベントボスだ。

「魔物の襲来に、勇者の出現、信じたくはないが大司教様の言った通りになったか……ユノ、ルイス、聞こえたか。今話していた通りだ、俺は駐屯地へ向かう。アリーシャちゃんもこの家に隠れてもらうように言っておく」

父さんは何を知っているのだろう。今は詳しく聞く時間はなさそうなので、魔物の件が片付いたら聞いてみよう。

「私も行くわ」

母さんがいつの間にか復活しており、戻ってきた父さんが横から急に声を掛けられたことでまた跳ねている。俺、父さん大好きだわ。

「起きていたのか」

「ユノと一秒でも離れたくないの。一瞬で終わらせるわよ」

「焦るなよ、それでお前が死んだら元も子もない」

「わかっているわ、理解もしているけど……」

そっと母さんを抱きしめる父さん。まさかこの流れ……。

「俺もお前と同じ気持ちだ」

「あなた……」

ああ、またこれだよ。この夫婦の発情沸点は低すぎるのだ。俺のことで興奮した気持ちを、別ベクトルでリサイクルするのはやめてもらえませんかね。

お父さんたちの真似～、などと無知を装いアリーシャに同じことをしてやろうか。

「父さん、母さん、無事で帰って来てください。家は僕が守ります」

このままにしておくと一発終わらせてから出発しかねないので止めておこう。

「ああ、すぐに帰ってくる。だから守ると言っても、決して魔術は使うんじゃないぞ」

「ユノ、ルイス、前みたいに外には出ないで良い子にしているのよ。もしまたここに魔物が来たら、女狐を囮《おとり》にしてでも逃げなさい」

女狐とはアリーシャのことか。さらっと酷い教育を施していくな。

「はい……」

神妙な顔でルイスが頷く。

お前、女狐云々《うんぬん》の話に対して頷いたろ。お兄ちゃんそういうの悲しいぞ。

アリーシャは将来俺の妻になる女性だ。つまりお前の義理のお姉さんなんだぞ？　適度な距離感を保ちつつ仲良くしなさい。

間違っても俺が仕事に行っている間に寝取ったりするなよ。そんなことをしてみろ、たとえ弟であろうとも妊娠させるからな。

「それでは、ゴードンに声を掛けたら行ってくる」

俺はアリーシャでイってかけてきたいです。

「帰ったらお風呂に入りましょうね、ユノ」

そう言うと両親は自分の装備を用意して出て行った。

魔術の話がまだ消化しきれないので、今日ぐらい母さんと一緒にお風呂に入るのもいいかなと、そんなことを考えてしまう程度にはセンチメンタルな気分だ。

「ユーノくん！」

両親が出て行き、入れ違いになる形でアリーシャが我が家に入ってくる。

いらっしゃいませマイスィートトレモネード。今夜は俺をトイレだと思って泊まっていってくれ。

「私ご飯たべたよ！」

そうか、それは良かったな。じゃあ俺はアリーシャを食べようかな。

「ふん……」

ルイスの機嫌がすこぶる悪い。

そういえばもう夕飯時か、俺たち兄弟はまだ食べてないんだったな。

ルイスに夕飯を用意して、俺はその間にアリーシャをいただくとするか。

「なんでなんだ……」

アリーシャが来た時点で機嫌が悪そうな目をしていたルイスが、更に目を鋭くする。虫の居所が悪いようだ。

「アリーシャ、お前は本当に能天気だな。賢者よりも聡《さと》い兄さんにいつもくっついていながら何を学んできたんだ」

こらこら、最初から喧嘩腰で会話を始めるやつがあるか。

会話のドッヂボールはやめなさい。

賢いとはいえルイスもまだ子供だ。この緊迫した空気に耐えられず、今まで腹に据えかねていたものが爆発してしまったのかもしれない。

「うーん、ぬくもり？　ユノくんの匂いと体温好きだよ？」

対照的にアリーシャはにっこにこだ。

よし、今晩もたくさんぬくもりを教えてあげるぞ。

それに嗅いだことのないであろう栗の花の香りも楽しませてやるからな。

さぁルイス、違う意味で家の中は危ない世界になる。外に出ていなさい。

「お前は……」

「ルイス、噛みつくなら干し肉にしよう。お腹が空いただろう？」

うまいことを言った感がある。

俺が言われたら腹が立つけど、どうしても言いたかったのだ。

「兄さんがそういうならば……」

うむ、素直でいい子だ。

しかしご飯の用意なんてしたことがないから困ったぞ。

とりあえず俺が咀嚼《そしゃく》したものを与えるとするか。

「じゃあ私はユノくんを噛んでる！」

「あんっ！」

後ろから抱きつかれ首を甘噛みされて変な声が出てしまった。

いけない吸血鬼め、股間の十字架でハイにしてやろうか。

「噛み殺すぞ女狐……」

折角落ち着いたルイスの気が、また盛大に立ってしまった。

まったく、男の子が立たせるのは股間だけにしなさい。

まずはご飯を食べさせてルイスの気を落ちつかせよう。

そのあとはアリーシャとお風呂だ。

これは絶対に譲れない。たとえ断られても駄々をこねくり回してでも入るぞ。

そのためにもまずは腹ごしらえだ。腹が減ってはこねくり回せぬ、だ。

「ルイス、そんな物騒な言葉は使っちゃだめだよ」

「うっ……ごめんなさい兄さん……」

よしよし、可愛い弟の頭を撫でてやろう。

「ユノくん私も撫でよう!?」

無理矢理頭をねじ込んでくるアリーシャが愛しいったらない。一秒でも早くお風呂タイムに突入するため、干し肉を探しに調理場へ急がなければ。

「――ッ」

なんだ、また外が騒がしくなっているな。

「外が騒がしいようだけど」

干し肉を探すのを一旦やめ、リビングへと戻る。

リビングではルイスがアリーシャを睨み、アリーシャが俺を見て微笑んでいた。

どうやら二人とも外の騒がしさに気付いていないようだ。

「二人とも、一度二階にあがろうか――」

その時、家の扉が激しく叩かれる音がする。その音に跳ねてしまった俺を見て、アリーシャがキャッキャと喜んでいるのが可愛い。

こんな時に誰が来たというのだ。

「はーい」

もし町のひとだったなら、このまま放置しておくのも悪い。

玄関に向かい確認だけはしておこう。

しかし返事をしたというのに、ノックの音は止まないどころか更に強さを増していく。誰かはわからぬが、それだけ緊急の要件があるということなのかもしれない。

例えば尻に入れたビー玉が取れなくなったとか、そういう想像しただけでも焦ってしまうような事態に襲われているのかもしれない。

「どなたです――うわぁっ⁉」

破砕音《はさいおん》と同時に扉が吹き飛び、分厚い玄関扉は俺の足元で床とキスをしていた。

突然のことに驚いた俺は半身になりつつ跳ねてしまう。父譲りの臆病さが恨めしい。

俺だから耐えられたが、アリーシャだったら漏らしていたぞ。

「ゴァアアアアアアアアッ！」

床オナをしている扉から目線を上げようとすると、耳をつんざくような咆哮に身が竦む。そいつはゴリラを一回り大きくしたような黒いゴードンさん……ではなく猿型の魔物だった。

ゴードンさん……ではなく黒い猿型の魔物が、玄関で「お邪魔します」の挨拶もなしに雄叫《おたけ》びをあげていたのだ。

「これは詰んだかもわからんね……」

【第九章】約束

「ゴァァァアッ！」

二本足で立つ猿型の黒い魔物が俺を睨み、咆哮をあげる。

どうして、なんで、などと考えている暇はない。とにかくアリーシャとルイスを非難させなければ。

「魔物だ！　二人は急いで二階へ！　とにかく奥へ隠れるんだ！」

本来ならばお客様がいらしたのならば、お茶を用意するべきところだが、ゴードン型の魔物には――失敬、猿型の魔物にお茶の用意など必要ない。

「兄さんはどうするんですか！」

「僕もすぐ行くからアリーシャをつれて急いで二階へ行ってくれ！」

ルイスは賢い。そして犬に襲われているところを救って以来、俺に絶対の信頼と忠誠を誓っている……気がする。

俺が言ったことは一切嫌な顔をせず、むしろ嬉しそうにこなしてきた。

「行くぞアリーシャ！」

「えっ、えええええ！」

ルイスがアリーシャの手を無理矢理に引いて二階に上がって行った。この状況でアリーシャを見捨てないあたりが母さんとは違う。

あの人は魔女だ。脱童貞のお邪魔女だ。

「ウゥウゥッ」

唸りながらも距離を詰めてくる魔物。

獣は背を向けると襲ってくるというので徐々に後退し、玄関からリビングまで下がる。

猿型の魔物とテーブルを挟んで対峙する。本日二度目である魔物との遭遇。

「ヴァウッ！」

飛んだり跳ねたり騒がしいやつだ。

だが目に力を集中すると、魔物の動きがスローモーションのように、その一挙一動がゆっくりと動いて見える。これも本日二度目の黄金体験《ゴールドエクスペリエンス》である。

日に二度も死にかけるとは、邪神の呪いが本当に解けているのか疑いたくなるな。

「ウゥウゥアアッ！」

叫び声をあげながら扉をぶち倒して入ってきた礼儀知らずの魔物であったが、相手は猿型、意外と知能は高いかもしれない。

ゴリラに手話を習わせたところ、人間と手話でのコミュニケーションが取れるようになったという話がある。そのゴリラは死の概念を理解し、人間に起こった不幸に共感し、共に悲しんでくれたという。

ここは前世の世界とは異なる世界だ。ゴリラの知能指数が前世の世界よりも格段に跳ね上がっており、話せばわかるなんて可能性も捨てきれない。

現にゴードンさんという喋れるゴリラが隣りに住んでいるのだ。ここは一つ話しかけ、平和的な解決を試みよう。

「ようこそいらっしゃいました、ではそこの椅子にお掛けください」

腕を伸ばして椅子を指すが、魔物は牙をむき出しにした険のある表情で俺を睨む。人が座ることをすすめたのに、なにガン飛ばしてんだこの野郎。

「ゴアアアッ！」

すすめた椅子をぶん投げてくる魔物。魔物から目を離さず飛んでくる椅子を既《すんで》のところで躱す。

残念ながらこいつにはゴードンさん程度の知能もないようで、交渉の窓は即閉じられてしまった。

所詮はエテ公、わかってはいたが話し合いで解決するのは難しいようだ。

危機的状況でありながらも余裕を持っていられるのは、自分に魔術の素養があると知ったからであり、対抗する手段が存在するからだ。

不思議な感覚だ。まるで負ける気がしない。

「ほほう、椅子は座るものではなく、投げるものなんですね。ユノ学びました」

「ウゴアァアアア！」

ふざけている場合ではない。これからどうするか考えなければ。

依然、テーブルをはさんだまま睨み合う俺と魔物。

もう少し友好的な眼差しを飛ばしてほしいものだ。

このままテーブルを乗り越えてこられたらそれで詰みになる可能性がある。

かっこよく言うとチェックメイト、一度は口に出して言ってみたい言葉である。

そうだ、将来はアリーシャをパンティのみの状態にして「チェックメイト」と呟こう。

でもアリーシャは最初からパンティなんて脱いでそうなんだよなー。

それはそれでグッドなんだよなー。

「グゥウアッ！」

魔物が涎をだらだらと垂らしているその様《さま》は、アリーシャを前にした自分の様で若干の嫌悪感を覚える。

これが同族嫌悪というやつか。きっと俺も将来はあんな顔でアリーシャのパンティを被ったり穿いたりするのだろう。まったくいやになっちゃうな。

このまま睨み合っていても埒《らち》があかない。ルイスとアリーシャの方へ行かれても困るので魔術を放とうかと思ったが、またあの火柱みたいなものが出たら家ごとみんなが吹き飛んでしまう。

それに自身の魔術回路が焼き切れて死ぬ可能性だってある。ここは体に負担の少なそうで、スマートな魔術を用いて打開したいところだな。

「グゥウウアアッ！」

お互い横歩きになりテーブルを中心にぐるりと歩き、椅子取りゲームの様相を呈《てい》している。狼型より知能が高いのか、こちらを警戒している様子を強く感じる。

小賢《こざか》しいとはまさにこのことだな。

「警戒してるなら最初から入ってくるなよ……」

「グゥウゥアッ！」

俺の独り言に唸り声で返される。やはり友好的な関係は築けそうにないな。

「僕はこれから夕飯の支度をしなければなりません。あなたもお腹が空いたでしょう、一度外に出てご飯をさがしてきたらどうですか？」

友好的になれないのならお互い離れるべきだ。さあ帰ってくれ。

「ゴァァァァア！」

魔物に帰る気はないようなので、玄関へ続く廊下を背にしたところで俺は外へと一気に駆け出した。帰ってくれないなら俺が出ていくまでだ。

「こっちだゴードン……じゃなくてゴリラっ！」

その際一番軽いルイスの椅子を魔物へと投げつけたのは、二階に行かせぬために意識を更に俺へと集中させるためである。

床に倒れている扉を踏み越えて外へ飛び出せば、空は夜の青と夕陽の混じり合う美しい夕焼けが広がっていた。

夕日が両親の向かった町の下へ隠れようとしている。俺はこの風景が好きだ。

センチメンタルな気持ちはいつまでも大切にしたいものである。

いつか童貞を失ったとしても、俺は童貞だった頃の気持ちを忘れずにいたい。

魔物と現実から逃げ出し、門の横にあった大樽の横で隠れるように屈む。

子供なので小さくコンパクトだ。これならばバレることはあるまい。

「ゴァァァア！」

浅はかな策だったが魔物は上手くつられて外へ飛び出し、四足歩行で走り抜けていく。魔物の尻の筋肉が異常に発達していることに気付き、今更ながら恐怖を覚えつつその背と尻を見送った。

「そのままどこへとでもお行きなさい」

もう帰ってくるんじゃないよ。達者でな。

「ふふ、しかし所詮は畜生よな……」

この天才策士の手に掛かればゴードンなんぞただのゴリラも同然。赤壁《せきへき》に東南《こち》の風を吹かせるまでもない。

おっと、またゴーリラさんとゴドンを間違えてしまったか。

「いやいやゴードンさんとゴリラだったな。ふふっ……」

安心して浮かれていたのも束の間、魔物はしばらく駆けた後こちらへ振り向いた。俺と目があった瞬間に全身の毛を逆立てているように見えるが、あれは怒っているのかもしれない。

「あ、ゴードンさんこんばんは」

とりあえず挨拶をしたが、また間違えてしまった。

「ゴアアアアアアアアアッ！」

もう、すぐキレるんだから。カルシウム足りていないなら牛乳を飲みなさい。

俺は将来アリーシャの乳を直でいただくから、君はホルスタインの乳でも直で飲んできなさい。

あの絶妙な形の乳首をしゃぶり回してきなさいな。

「兄さん！」

背後から声がしたので振り向くと、二階の窓からルイスが顔を出している。

魔物の咆哮を聞いて、俺が外にいると気づいたようだ。

「顔を出しちゃだめだ、隠れているんだルイス！」

慌てて引っ込むが、まだこちらを見ているルイス。

背中には守るべき者がいるのだ。今度こそ狼型の時の様なへまはできない。

アリーシャがまた勇者のように強くなってくれるかもなんて、そんな都合のいい期待をしてはいけない。

あの子は俺が守らなければいけないのだから。

ではどうやってあの魔物を倒すのか。剣術か、魔術か。

「当然魔術で倒すに決まってるよな」

俺の剣術が魔物には通用しないというのは狼型の魔物で学習済みである。

火山と見紛《みまが》うほどの魔術が放てるという可能性が俺にあるならば、才の無い剣を振るうより、迷わず魔術を選択するべきだろう。

「父さん、約束を破ります」

ここで魔術を使わずに殺されれば、寿命も何もない。

その上アリーシャとルイスの命まで奪われるかもしれないのだ。

処女と約束は破るもの。魔術の使用を躊躇《ためら》う理由はない。

ではどうやって魔術を使って倒すかを考えよう。

まず炎はだめだ。魔術に関しては基本の「き」の字も知らない俺が、また調整できずに火柱が出てしまったらそれこそ大事である。

家に燃えうつってアリーシャたちまで燃やしてしまうなんて、笑い話にも猥談にもなりはしない。

では風はどうか。吹っ飛ばすぐらいしかイメージが湧かないので却下だ。

切り刻むというのも想像できるが、火を連想して火柱を立てた俺だ。それこそ竜巻の様なものが発生したら家も俺たちもただではすむまい。

ならば水はどうか。これも炎と風と同じく近隣への被害がとんでもないことになりそうなので難しい。

だが悪くはない案ではある。ウォシュレットを更に高圧にしたものを想像すれば、魔物の体を尻から貫くことも可能かもしれない。

あとは土ぐらいだが……石のパンチとかいいのではないか？

「それ、格好いいかもしれない……！」

「ゴアァァァアッ!!」

前からは猿型の魔物が猛然と向かってくる。悩んでいる時間はない。

手のひらを向け、イメージするのは岩のような拳。周囲に害のないエコな魔術だ。

岩の拳を想像することで、下腹部がじんわりと熱くなってくるのを感じる。

確かにこれ、油断すると漏れるかもしれないな。

アリーシャ、もうすぐお揃いの秘密を持てるかもしれないよ。もし俺がここで漏らしたらルイスも何が何でもお漏らしさせようね。

亀頭部分を適当にこすってやればすぐに出てしまうんじゃないかな。

「岩の拳、岩の拳、岩の拳……」

岩の拳を想像しろ。とにかく凄く太くて立派なやつだ……。

「岩の拳、亀の頭、岩の拳……」

途中で違うものをイメージしてしまったが、こちらへ向かってくる魔物との距離はもう十メートルもないので深く考えるのはやめよう。

魔物の涎が垂れて、後ろに流れていくのが鮮明に見える。

上手くできるかは一か八かだが、やるしかない。

下腹部のじんわり感も、もう漏らしているのかどうか判断がつかないほど熱くなっている。

よし、いける気がする、排尿ではなく魔術がな！

「いでよ、岩の拳っ！」

飛びかかるゴリラを横飛びで躱し、両手を地面に向けて魔力を放出する。

詠唱も何もなく、とにかく強く念じただけだ。

「ホォアタ！」

パァンと風船が割れるような乾いた音が辺りに響いた。

受け身を取り損ねて地面に転がり、慌てて顔を上げると、まだ夕暮れだったはずの世界が俺の眼前だけ何も見えなくなっている。

それは大地が盛り上がり、拳のような岩が地面から突き出ていたからだった。

「おおぅ……」

見上げるほど高くそそり立つ岩の拳。

「この形はお前……完全にチ○コじゃないか……」

魔物がいた場所には、思春期の少年が見れば「これペニスだろ！」と喜んで騒ぐほど立派な代物がおっ立っている。これで騒がなければ思春期ではない。

恐らく途中でルイスの亀の頭がどうこうなどと、余計なことを考えてしまったせいでイメージが混ざってしまったのだろう。

魔術というのは加減が難しいな。これよりももう少し小さい岩を想像したはずなのだが、大きさも造形も威力も、全てが想像を超えてしまっている。

「まずいな、こんな調子では寿命がいくらあっても足りないぞ……」

魔術回路が未熟なうちは魔術は使うなと言われていたが、かなりのハイペースで使用しているが大丈夫だろうか。

男根のような岩の拳を見上げていると、魔物の臓物と思われるものが降ってくる。

遅れて鼻を刺す不快な臭いが漂い、魔物を俺が殺したという実感がわいてきた。

無駄な殺生ではなかったはずだ。他者を殺《あや》めるということは、自身もまた殺められる覚悟をするべきなのだ。

魔物を殺さなければ俺が殺されていた。そして俺は殺される覚悟を持って、アリーシャとルイスを守るために戦ったのだ。決して無駄な殺生などではなかったと思いたい。

男根に突き殺されて一生を終えたというのは不憫《ふびん》に思うが、どうか成仏してくれ。

「ユノくん！」

「兄さん！」

魔物がいた場所へ合掌していると、二人が家から飛び出してくる。

危ないからまだ家にいなさいってば。

「大丈夫ユノくん!?」

「おわっと！」

走った勢いのままアリーシャが抱きついてくるのを両腕で受け止める。

「ユノくんはやっぱりすごいかも！　ユノくん大好き！」

大好き……好きが大きくなってる……。

駄目、俺も大きくなりそう……。

「またいつもよりいい匂いがするー。この匂い好きー」

学校の時も同じことを言っていたが……まさか射精とかしていないだろうな。

魔術を放つたびに寿命が縮んで、なおかつ精を放つとか洒落《しゃれ》にならないんだが。

「兄さん、ボクはこの一生を兄さんに捧げることを誓います……」

気持ちは嬉しいが、残念なことに俺は強い魔術を使うと魔術回路が焼き切れて死ぬらしいのだよ。二人のその気持ちには長くは応えられそうにない。

でもうまいこと長生きできるよう努力はするから、それまでは大切にしてね。

「大したことではあるんだろうけど、たまたまだよ。さぁ、また魔物が来ないとも限らないから家に入ろう」

まずは倒れて床ペロしている扉を何とかしないといけないな。

大工の知識なんて微塵もないから、俺一人で直せるか不安だ。

「ユノくん、あれ……」

家の中へ入ろうとすると、後ろからアリーシャが俺を呼んでいる。

もう嫌な予感しかしない。昼間もアリーシャが不安気な声でそう言った先に、狼型の魔物がいたのだ。次は何だ、何が出たんだ。熊か、虎か、おっぱいか。

おっぱいだったらいいな。それなら俺が率先して戦いに行くぞ。

——おっぱいと言えば前世で仲の良かった加藤君だ。

彼はプレステのコントローラーに『美香』と書かれたシールを貼っていた時期がある。

俺は最初それを、加藤君の母親か姉妹の物だと思っていた。

しかし彼に姉妹など存在しないし、母親はゲームをしない。では何故『美香』と書かれたシールが貼ってあったのか……それは彼がスティック部分を「乳首」と呼称していることにヒントがあった。

いや、ヒントというよりそれが答えであった。俺の他にも、コントローラーに貼られたシールが気になっていた地元の友人たちと、俺は加藤君を問い詰めた。

特に問い詰めるような話でもないのだが、何か隠しているような加藤君に怪しさを覚えたのだ。

この『美香』と書かれたコントローラーはなんだ。何故名前が貼ってあるのだ。

加藤君は、中古屋さんで買ったからだという、苦しい言い訳をするも、いくつかの矛盾点を突かれ、観念したのか静かに真実を語り出す。

「美香というのは僕の中で最近ブームになっているエチオピア出身の女優で――」

それは、どこまでもどうでもいい話であった。

だが聞いているうちに話の流れは怪しく、そして濃いものになっていく。

加藤君はコントローラーを自身のなかで擬人化し、名前を付けて可愛がっていたそうだ。

しかし加藤君は名前をつけたコントローラーを可愛がりながらゲームをしているうち、次第に擬人化したコントローラーに愛着がわき、恋慕を抱くようになったという。

俺たちはコントローラーに恋慕を抱くという意味が理解できなかった。

八百万《やおよろず》の神がうんたらかんたらと語るが、そんな理屈で無機質な物体に恋をするのはやはりどうかしている。

だが加藤君はこう語る。

「二次元に恋をするのと何が違うんだよ。本の中の少女だってただのインクじゃないか。でも……でもそうじゃないだろ？　コントローラーに宿った美香だって、絵として生まれた美少女だって、どちらにも命が吹き込まれているんだよ」

などと開き直り、しまいにはコントローラーの乳首が粉を吹くまで自身の欲棒でこねくり倒していたと白状する。

常々「黒い肌の娘には白い液体が映えるんだ」などと言っていたが、まさかコントローラーに欲情しているとは思わなかったので俺たちはドン引きした。

何よりも、そんなコントローラーを俺たちに使わせ、寝取られを楽しんでいたというのが不快感を極まらせる。

そこで俺は見てはいけない物を見つけてしまう。

もう一つの黒いコントローラーに『しげる』と書かれたシールが貼ってあり、乳首部分のゴムは剝がれかけていたのだ。

それが意味するものはつまり、加藤君のオカズとしてロックオンされていたのはエチオピアの美香だけではなく、松——。

「兄さん……」

おっと、加藤君との嫌な思い出に浸っている場合ではなかったな。

だがルイスよ、兄さんの不安を煽《あお》るような声を出すんじゃない。加藤君のせいで呼吸が乱れているのだ。今は口直しにおっぱいのことを考えさせておくれ。

俺は今おっぱいに襲われたらどう対処するかで頭をいっぱいにしたいんだよ。

とは言え確認しない訳にもいかないので、恐る恐る二人が見ている方向を見やる。

物の大群が迫ってきていた。

「まじかよ……」

家の向かい、目算で五百メートルのところに、百や二百どころか、千以上はいるであろう黒い魔物の大群が迫ってきていた。

「ふぅ……これはチェックメイトかな」

使いたかった言葉を早速使ってみるが、気分は全く高揚しない。

父さんたちが向かったのは駐屯地だったか。だが魔物たちが向かって来ているのは別の方向からだ。父さんに伝えられた報告と食い違っている。

それに父さんは辺りの魔物を一掃したと言っていたはずだ。

魔物なんてものはそう見られるものではないというのに、一日の間に二匹の魔物と遭遇した。そして極めつけにこの大群である。これではまるで、突然そこに魔物が発生したかのようではないか。それこそ昼間に初等学校で出会った狼型の魔物のように。

考えたところで事態が好転するとも思えなければ、自身による孔明的な閃《ひらめ》きにも期待できない。

今重要なのは二人をどう守るか、そして生き抜いてどう童貞を捨てるかだ。

脱童貞のイメージトレーニングだったら完璧に出来上がっている。これ以上ないほど綿密に練り上げられた童貞卒業に至るまでのストーリーラインがある。

しかし参ったことに、こういう荒事は前世で教室にテロリストが侵入してきた時の対処法と、コンビニバイト中に強盗が来た時の撃退法ぐらいしか妄想したことがない。

一匹二匹の魔物ならば剣を振りながら妄想したこともあるが、千の魔物を相手にするイメトレな

どするわけがないのだ。

「ユノくん一緒に逃げようよ！」

「そうです、父さんたちのところに向かいましょう！」

「うん……」

人生とは儘《まま》ならぬものである。千はいようかという魔物の軍勢だ。どうしたって子供の足で逃げきれるわけがない。

仮に逃げきれたとしても、その先でも魔物と戦っている可能性がある。

そこに千の魔物を引き連れて行けばどうなるか。

運よく父さんや駐屯騎士団に保護されれば何とかなるかもしれない。だがどちらも見つからず、冒険者しか見当たらなかった場合に新たな問題は発生する。

頼るべき冒険者たちは子供という余計な足手まといが増えて、自分たちの生存率を下げることを嫌うだろう。つまり我々を見捨てる可能性が高いのだ。

これは冒険者が冷酷というわけでも、非情なわけでもない。

人は遊びで生きているわけではない。見知らぬ子供を守って死ねる人間が一体この世にどれぐらいいるだろうか。

ましてや賃金も発生しないのだ。子供のために魔物の大群と戦える冒険者などこんな村に滞在しているわけもなく、普通はもっと実入りの良い土地に行くはずだ。

それに無いとは思いたいが、最悪は同じ理由で駐屯騎士団にも見捨てられることも想定しなければならないだろう。まったく、捨てられるのは童貞だけにしたいものだ。

「まいったね……」

「兄さんどうしたんですか、急がないと魔物が！」

二人はダメ元で父さんたちの所へ向かわせよう。

ここにいるよりは生きる可能性が上がるはずだ。

できることならば、ここを食い止める俺と、アリーシャたちを守る俺に分身したい。

そんな魔術があれば、前からアリーシャを攻める俺と、後ろから攻める俺に分かれるという応用もできるからな。

「……二人は先に父さんたちの所へ行くんだ。ここは僕が食い止める。実は魔力を操るコツがさっきので摑めたんだ。だから僕がなんとかしてみせるよ」

虚勢は虚しい勢いと書くが、まさにその通りだな。

童貞が非童貞の振りをするぐらい虚しいことを言ってしまった。

「ダメだよ兄さん、いくらなんでも魔物が多すぎます！　それに、それに上手くいっても死んでしまうかもしれないんでしょう！」

なんて優秀で兄想いの弟なんだろう。妹だったらキスしているところだったわ。

もうこの際、弟でもいいからキスしてしまおうか。今日からお前はイモオトウトだ。

「ユノくん死んじゃうの!?　なんで死んじゃうの!?　ヤだよそんなの！」

ルイスの言葉を聞いて、アリーシャが抱きついてくる。

目には大粒の涙を浮かべて、それを俺の服にしみ込ませる。

勿体無《もったいな》い、最後なんだからその涙は飲ませてくれればよかったのに。

「大丈夫、僕が約束を破ったことはないだろう？　必ず生きて、またアリーシャに会いに行くよ」

約束を破ったことはないが、アリーシャの処女は破るつもりだったがな。

「やだよ、ずるいよ、わかんないよ！」

「もう時間がない、二人とも急ぐんだ。このままじゃ二人を巻き込んでしまうかもしれないんだよ」

ルイスは俯いている。きっと葛藤しているのだろう。何かをしたいが自分がいても何もできない。ここにいても邪魔になるだけだと。

本当にできた弟だ。何故ルイスは妹じゃないのだろう。弟が妹になっちゃう魔法とかないのかな。水を被ると女になっちゃうみたいなノリでさ。

「アリーシャも急いでくれ。ここは僕が何とかするから」

何とかするとは言ったものの、時間稼ぎが関の山だろう。

それでもありったけの魔力を込めた魔術を放てば、何十匹か、何百匹かは道ずれにできるはずだ。

「……」

涙を流し続け、泣きじゃくりながらしがみついているアリーシャの頭を撫でる。

アリーシャが勇者として覚醒するような展開に期待する気持ちはあったが、やはりこの子を危険な場所に置いておくわけにはいかない。

少しでも安全な場所に身を置いてほしい。本当なら自分の後ろに置いて守ってあげたかったけど、守り切れる自信がないのでそんな無責任なことは言えない。

「生きて帰ってこれたら結婚しよう」

最高の死亡フラグを自分でおっ立ててしまったことに言ってから気付く。

それに六歳の子供が言っても陳腐に感じる。

「する、するから！　ユノくんのお嫁さんになるから！　なりたいからお願いだから行かないでよ！」

行きたくも逝きたくないし生きたいさ。そしてイクなら君の中がよかったよ。

子供が今すぐ結婚できる訳がないので、さっきの台詞が死亡フラグにはならないと信じたい。

でもこの状況で死ななかった場合、バッター『死亡フラグ』に代わり、バッター『寝取られフラグ』が颯爽とバッターボックスへと向かうんだよな。

これはどっちに転んでも俺が泣きを見るパターンじゃないか。

隣で黙って泣いているルイスが、「兄さんの代わりにボクがアリーシャを幸せにしなきゃいけないんだ……」とか都合のいい責任感を発揮し、アリーシャを寝取ってしまう展開が一番ありえそうだな。

そんなことをしてみろ、俺は草葉の陰でお前らの情事を覗いて泣きながらヌイてやるからな。

「アリーシャ、僕をこれ以上困らせないでくれ」

強い言い方になってしまったが、こうでも言わないと号泣お漏らし娘は離れない。言ったところで離れてくれなかったが。

「ユノくん私をおいていかないで!!」

上も洪水、下も洪水なーんだ。

正解は泣き虫お漏らしアリーシャちゃんだ。

「大丈夫だよ、魔物を何とかしたら、お漏ら……アリーシャに必ず会いに行くから」

危ない、お漏らしちゃんと言うところだったぞ。

尻の守りは固いが、口が軽いのは俺の短所だな。

「ルイス、一方的で申し訳ないんだけど、アリーシャを守ってくれると約束してくれないか」

「……わかりました。命に代えても守ります。何者からも何事からも守ってみせます。約束も、アリーシャもボクが全て守りますッ。だから兄さんも、命に代えてでも自分の命を守って帰ってきてください！」

おかしなことを言う弟である。聡いルイスのことだ、俺が死ぬ覚悟を決めたのをわかったのかもしれない。

「ありがとう」

ルイスが守ってくれると誓ったなら大丈夫だろう。俺が死んでもアリーシャを守り続けてくれるはずだ。ルイスはそういう子だからな。

そっと抱きついてるアリーシャを離すと、涙はとめどなく流れ、不安げに俺を見ている。

その涙《エリクサー》を舐めれば魔力も全回復しそうだな。

「僕は絶対に戻ってくるから大丈夫だよ、アリーシャ」

「じゃあ！　じゃあ……ユノくんこれ……」

「ん？」

アリーシャがいつも髪を結わいているシュシュを俺の手に握らせる。

愛棒にこれを巻けと？

え、いいの？

「これ、絶対に後で返してね！　返してくれなきゃヤだからね！」

ここでプレゼントか……。

これは生存フラグと死亡フラグのどちらの可能性も兼ね備えているやつだ。このシュシュを握りながらアリーシャを想いながら死ぬパターンと、このシュシュのお陰で致命傷を免れるパターンがあるやつだろ。

やー、シュシュで致命傷を免れることはないだろうなぁ……。

「わかった。絶対に返しに行く」

「うん……」

かっこはつかないが渡されたシュシュを手首に巻く。

最期まで締まらないのが俺らしくていい。

でも前世の最期よりはずっとましだ。

なんたって俺を想ってくれる女の子がいるのだから。

「ルイス、アリーシャを頼んだよ。さあ町まで走るんだ！」

「はいッ……」

ルイスがアリーシャの手を引き走っていく。

アリーシャはずっとこちらを見て何かを叫んでいる。

ちゃんと前向いて走らないと危ないぞ。うっかり居眠り運転のトラックに撥《は》ねられて転生したらどうするんだ。

「さてと――」

二人が十分に離れたことを確認し、魔物の軍勢に向き直る。

「そりゃ俺だって死にたくないさ。でも守らなきゃいけないんだ」

自己満足のために死ぬなんて、これは極まった自慰行為だな。

だけど人が幸せを感じられるのは生きているからこそだ。生きていれば辛いことも当然ある。その辛さを知っているからこそ、人は幸せを感じられるのだ。

死んでしまったら最後、もう何も感じられなくなる。それはとても悲しいことだ。

「だから俺は、アリーシャとルイスを死なせるわけにはいかない」

二人が死んで何も感じられなくなるなんてことは、絶対にあっちゃいけないことなんだ。

ひとのために死ぬなんて、偽善が過ぎると神様には叱られるかもしれないが、俺はそれでいいと思っている。

それが俺の生き方で、それがこの人生における幸せなんだ。

何が偽善だ。他人の決めた善悪の基準なんて知ったことではない。

それに、誰かのために生きて誰かのために死に、神様の厚意を無視するなんて最高にロックじゃないか。

俺の人生なんだから俺の好きなように生きて、最高の自己満足《オナニー》をしてやる！

「——やるか」

遠くに見えていた魔物の大群は、最後尾が見えなくなるほど近くまで迫っている。最高の交尾、最交尾はできなくなったが悔いはない。

猿型の魔物と戦った時よりも更に魔力を下腹部へと集中させると、胃腸の奥が焼かれたかのように熱くなる。

小出しで岩の拳を放ったり火柱を立てる程度では駄目だ。

この大群を一瞬で消滅させる気で魔術を放たなければいけない。

もう家がどうこう、町がどうこうなどとは言っていられない。

町はまた作ればいい。家はまた建てればいい。

だけど命は、アリーシャとルイスの命は失われたらそれで終わりなのだ。

二人を救うためにこの命を使おう。

数百匹を道連れにするなんて、そんな甘い考えではいけない。

一匹残らず隈《くま》なく残さず余さず全て消滅させるんだ。

「恨みはないが、お前ら全員まとめて消し飛ばしてやるからな……いやお前らのせいで死ぬのだから、恨みはたっぷりあるか」

消滅とは何か。迫り来る魔物を前にしても浮かぶイメージは酷く曖昧《あいまい》なままだ。

ここから消しさればいいのだが、そんなことができるような科学知識も自然現象も俺の記憶にはない。

あれこれと考えている内に魔力が溜まり切ったのを感じた。

溢れるほどに漲る力を魔物の群れの上に向け強く念じる。

イメージするのは、生物が存在しえない空間。全てを飲み込む宇宙だ。

宇宙が具体的にどんなものかはわからないが、それらしいものが作れればいい。

「できれば俺だって死にたくないんだけどさぁ！」

叫びとともに魔力を放つことを意識すると、小さな闇が魔物たちの上空に浮かび、ゆらゆらと揺れている。

その闇に魔力が流れていき、力を吸い取られていくのがわかる。

現れた黒い闇は辺りの空間をひび割っていく。

あれは稲妻だろうか。闇からもれた可視化した電磁波の様な光が幾匹かの魔物を焼いている。

空はいつの間にか暗くなり、雲のない空に星が煌《きら》めいていた。

徐々にひろがる闇はやがて大きな穴となり、本物の星を隠し、魔物たちの直上に偽物の星が無数に輝く。

「ギイイイイ！」

「ゴァァァァア！」

俺の作った偽物の宇宙に魔物たちが次々飲み込まれていく。

周りの樹々も飲み込まれ、樹にしがみついていた猿型の魔物も根ごと抉られ吸い込まれていった。

「ギャァァァァア!!」

地面に腕を突き刺して耐えていた魔物はその土ごと大地から引きはがされ、空へと舞い上がる。

どうしよう、家の少し前に蟻地獄の様な、大きなクレーターができ始めている。

うっかりアリーシャが落ちたりしないかな。

大地に立つ魔物はなく、全ての魔物が宙に浮き、吸い込まれていく。性交はできなかったが魔術は成功したようだ。

「良かった、上手くいったんだ……あ、あれ？」

脱力して動けなくなった俺は膝をつく。

そして自分も空に浮かぶ暗闇に吸い込まれていることに気付いた。

だが抵抗する力はなく、足も愛棒も立ちあがらせることはできない。

魔力が尽きてしまうとこうなるのだろうか。

「それともこれが魔術回路が焼き切れるというやつなのかな……」

倒れ伏したまま偽物の宇宙空間へと体が飲み込まれていく。

魔術の解除ってどうやるのだろう。いや、解除できようができまいが、俺は魔術回路が焼ききれてこれで死ぬのだ。遅いか早いかの違いしかないな。

全身から力が抜けていくこの感じは、前世での死ぬ前の感覚と一緒だ。

もしかしたら生きれるかも……そんな気持ちは微塵もなくなっていた。

「父さん、母さん……本当にごめんなさい。アリーシャ、ルイス約束を守れなくて……ごめんよ……」

ああ……童貞、また捨てられなかったな。

エピローグ

自分の持てる全ての魔力を込めた魔術を放ち、俺は意識を失った。

その失ったはずの意識が戻ってきたのを感じる。

俺は生きているのだろうか。それとも死んでしまったのか。

また神様に会うとしたら少し気まずいな。

「……」

目を開けることができず、言葉を発することもできない。

霊体で神様の前に呼び出された時は目を開けることも喋ることもできたが、今はそれができない。

俺は今どうなっているのだろう。

「っ……」

声は出ないが呼吸はしている。

すなわちこれは生きているということではなかろうか。

「あ……」

声と言うよりは音と言った感じだが、これは自分の声だ。ユノの声だ。

呼吸をするのも難で、目を開くこともできないが、それこそが生きている証拠である。

良かった、まだ俺は生きているんだ。これで童貞捨て放題だ。

いや、捨てるなんてとんでもない、売り尽くしセールをして飢えた人妻たちに乱暴に奪ってもらおう。

——ぽいん。

と、生の喜びを嚙み締め、性の悦びを夢想しようかとしていると、何やら柔らかくて心地の良いものが頰に当たる。

これは一体なんだろう……。

そんなものは考えるまでもなくわかっている。これはラッキースケベだ。

古来より男が目覚めた時、不意に「ぽいん」と柔らかいものがぶつかったならば、それはもうおっぱいしかない。

もしもこれがおっぱい以外の何かならば犯罪行為である。

男性を期待させておいて実はおっぱいじゃありませんでしたとなると、それは起き抜け期待罪で懲役三十年以上の刑が確定する大罪だ。

そんな罪を好き好んで犯す愚か者はそういまい。

だがおっぱいだと気付いていても、おっぱいだとは気付かない振りをするのがラッキースケベの作法であり、紳士の嗜《たしな》みであり、男のロマンというやつだ。

目を開ける力もないのに全身全霊の力でもって手を伸ばす。

「にゅ」

頰に触れた感触からして母さんの胸ではないとわかっていた。それは剣の才はなくとも、おっぱいソムリエの素養がある俺が間違えるはずもないことだった。

では誰のものなのか。想像しろ、妄想回路を加速させるのだ。

――魔力を使い切った俺は、十年ほど寝たきりになっていた。

眠ったまま動かない俺を甲斐甲斐《かいがい》しく看病するアリーシャ。それは十年経った今でも変わらず続いていた。

思春期に突入し、第二次性徴を終え、体は大きくいやらしく成長しているアリーシャが、今夜も俺を看病してくれていた。

成長に伴い、正体不明のモヤモヤとした気持ちがこみ上げるアリーシャ。無知がゆえにその気持ちをどう解消していいかわからず、ただ俺におっぱいを当ててることしかできないでいた。

そして今日も、胸を擦りあてているうちに果ててしまい、同じベッドで寝てしまって――。

「……ッ！」

最高かよ！

そういうことならば二度とこの体が動かなくなってもいい。

悪魔でも天使でも誰でも何でもいい、力が欲しいから俺にくれ。

「くあっ……」

伸ばした手には、むにゅう、という至福の感触がひろがる。柔らかく、そして温かい。いつまでもこうしていたくなるような優しい肌触り。

触れているだけで力が湧いてくる気がするから不思議だ。目覚めた時よりも幾分か楽になった気がしないでもない。

ああ、これは間違いない。

これは――。

「にゅう」

そう、乳《おっぱい》だ。

……いや待て、今おっぱいが声を出さなかったか。

「にゅう」

もう一度おっぱいを揉むと、また声が聞こえる。

もしやこれはアリーシャの喘ぎ声か？

アリーシャはおっぱいを触れるとそういう声を出してしまうんだな？

おっぱいからは手を当てたままにして、首を転がすように横へ動かし、目を開く努力をする。

目を開けることに努力したのなんて初めてだが、おっぱいを確認するために、努力と気合と根性で瞼を持ち上げた。

さぁ、どんなおっぱいちゃんがいて、どんな艶《なま》めかしい表情をしているのかなぁ？

こんにちは、俺の可愛いおっぱいちゃん。

「にゅう？」

目を開くと、視線の先にあるおっぱいと目が合う。

だが決してアリーシャの乳首と目が合ったわけではない。

「にゅ」

俺はこいつと似たような奴をゲームで見たことがある。

「あ……」

ロールプレイングゲームの最序盤に現れるモンスター。スライムだ。

「にゅう……」

俺が揉みしだいていたのは、スライムの様な白い楕円状の魔物だった。

俺は魔物をおっぱいだと思い込み、あまつさえ有り難がって触っていたのか。

何たる不覚、何たる錯覚、何たる失態。貴様には起き抜け期待罪で懲役三十年以上が確定した。

男の純情を弄んだ罪は重いぞ、覚悟しろ。

……いや、覚悟をするのは俺の方か。目覚めた瞬間に魔物に捕まるとは、運が良いんだか悪いんだかわからないな。

「あ、ああ……」

「にゅっ」

おっぱい型の魔物はつぶらで可愛い目をしているが、こいつにこれから殺されるのだろう。

「にゅうううううううううううううううううう！」

急に叫ぶな。びっくりするじゃないか。

「うっあ……」

十年なんて経ってなかったのだ。こいつはさっきの生き残りで、俺が生きているか確認していたのだろう。

もう動けそうにない。最期がスライムに殺されるなんてあまりにも情けないが、体が動かないのでどうすることもできない。

「アリーシャ……ごめんよ……」

目を瞑り覚悟を決めるが魔物は一向に攻撃を仕掛けてこない。

「あれ、目覚めたんだ？」

どこからか聞こえてきた美声に再び瞼を開く。

脳から溢れるアルファ波を今にも股間から放ってしまいそうな声。それはマイナスイオンがたっぷり含まれた美声であった。

声の主を探したい。しかしもう首は動かず、おっぱい型の魔物しか視界に入らない。

「あの……」

「意識はあるんだよね？」

この聞いただけで美人とわかる美声の持ち主は何者だ。これで美人じゃなかったら最低でもおっぱいは見せてもらうからな。

「ここは誰……？　僕はどこ……？」

「記憶が混濁してるんだ？　自分のことが思い出せないんだ？」

挨拶代わりのボケは軽く流されたな。というよりも真に受けられてしまった。

「いえ、冗談です。意識も記憶もはっきりしています。ただ体が動きません」

「じょうだんー？」

調子に乗って初対面であろう相手に失礼なことをしてしまったか。

だって生きているんだもの。また家族に会える、アリーシャに会える、そう思えばテンションの一つや愛棒の一本も上がるってものさ。

「よくわからないけど今はいいや。それよりも君、一週間も眠ってたんだよ」

十年ではないにしろ、一週間も寝ていたのか。そりゃ体も動かないわな。

「その間、床ずれしないようにその子が頑張ってくれてたんだから、感謝の言葉ぐらいかけてあげてね。略したら頑感だよ」

何で略した。それに略したら頑射《がんしゃ》だろ。

やり直しだ。その美声で言い直してくれ。

「その子というのは、この子で？」

「にゅう！」

むにゅりとおっぱいの様な感触の魔物を揉む。

揉むたびに体の調子が良くなる気がするのは、こいつの感触がおっぱいそのものだからか。

「そうだよー。一週間ずっと離れなかったんだからねー」

それは失礼した。てっきり魔物かと思っていたのだが……いや魔物には変わらないか。

でもお前は良いやつなんだな。状況がわからないままだが、感謝の言葉は述べておこう。

俺は礼儀正しさにおいては、町でも右に出る者はいないと言われるほどに礼儀の正しい男の子だ。なんたって前世は社畜サラリーマンだったからな。

将来はアリーシャの父親、ゴードンさんにも「娘さん、いい具合でしたよ」と礼儀正しく報告しにいくつもりである。

本当にやったら無礼討ちされそうだからやらないけどな。

「にゅうです」

魔物さん、ありがとうございます。この借りは体で返します。

「にゅう?」

お、反応してくれた。

「にゅうですか?」

あなたのお名前はなんというのですか?

「にゅうにゅう」

にゅうにゅうですかそうですか。でもおっぱいでいいやね。

「それにしてもにゅにゅうですね」

君も可愛い声をしているね。感触も最高だ。

「にゅううううう!」

なんだ、いきなりテンションが上がったな。

「えっ……会話できるの? 君、その子の言葉がわかるんだ?」

「いえ、全く」

なんとなく鳴き声を真似していただけです。

「はぁ……何やってんのさ。会話できるのかと思ってびっくりしちゃったや」

呆れを隠しもせず盛大にため息を吐く美声の主。

俺はばれない様にその息を吸う努力をする。

ため息をすると幸せが逃げると言うではないか。だから俺は空気中に漂う幸せを吸っているのだ。

決して美声の息を吸っているわけではない。俺が欲しいのは幸せなのだ。

しかし幸せを吸おうにも顔が見えない。顔が見えなければ、逃げていく幸せの軌跡も辿れない。

「う、くっ……だめだ、体が動かないや」

声は出せるようになったが体は動かないままだった。

「まだしばらくは動けないよ。そんなに喋れるだけでも奇跡に近いんだから」

「そうですか……」

じゃああなたのおっぱいでエネルギーを補給させてくれ。

声から察するに歳は二十代前半。この透き通るような美しい声ならば、きっと吸われた時もいい声で鳴くのだろうな。

「だって魔力がほぼ空っぽだもん」

大人然とした美声から紡がれる、だって、だもん。

その甘美な音色は耳を通って胸へと響き、やがてそれが全身へと行き渡る。

子供っぽい口調と大人びた美声のハーモニー。これは中々に乙《おつ》なものよな。

しかし魔力が空っぽか。

魔術回路が焼き切れていると思っていたがどうなのだろう。

「僕の魔術回路は無事なのでしょうか」

「うん？　こうして生きてるんだから間違いなく無事だよ？　おかしなことを聞くねー」

いや知らんがな。

「だって母さんはそんなこと教えてくれなかったんだもん……」

「ふーん？」

よし、だって、だもんは俺が使っても可愛くないことがわかったぞ。

「魔力は少しだけ回復してるみたいだけど、辛うじて生命維持ができている程度だよ。何を考えているかわからないけど無理はしちゃダメだかんね」

なに？　まさか全力で息《しあわせ》を吸おうとしていたのがばれていたのか？

「あの、僕はそんな酷い状況なんですか……それとここは何処《どこ》ですか？」

木でできた壁しか見えないので木造の建築物なのは察せるが、町にこんな場所はあったかな。

あ、わかった、ここは診療所か。ということはこの美声の主は……ナースだな？

ナースというのは命と直接関わる仕事のため、性欲が異常に高いという都市伝説を耳にしたことがあるが……。

「あなたはナースさんですか？」

「私がナス？　うん？　なんのこと？」

ほほ、性的欲求不満がゆえにナスを想像してしまったのかい？

身動きのできない少年の看病をしながら何を考えていたんだか。

……何を考えているんだかは俺の方だ。ナースなんて言葉がこの世界で伝わるはずがないじゃないか。そりゃ聞き返すわ。

「失礼しました、ここは診療所ですよね？」

「診療所？　ここはエルフの村だよ」

は？

「エルフの村ですか？」

「うん」

ははぁん、なるほど、エルフの村という名前の診療所か。

エルフの名を冠するというのは、つまりそれだけナースの容姿に力を入れている診療所ということだな。

歯医者さんが子供に配慮して幼児向けアニメのキャラで院内を飾る様に、この診療所は見目麗《みめうるわ》しいナースを雇うことで、怪我人や病人が負った心の傷を少しでも癒そうと、そういう経営方針なのだな。

では美人ナースさん、早速俺の愛棒を診察してください。恐い思いをしたからか、いつもより愛棒が小さくなっているんです。

まずは尻を俺の顔面にのせて、愛棒を握って血圧を計ってください。俺はあなたのケツ圧を顔面で計測しますので。

「と言っても外れにあるから正確には村じゃないね。エルフの村近くにある小屋、かな」

エルフの村の近くとはどういう意味だろう。

診療所の名前ではなかったのか？

股間の注射器のメンテナンスはしてもらえないのか？

「エルフの村ではないんですね」

わかっている。そんな都合の良い診療所があるわけがないじゃないか。彼女は俺が子供だと思ってからかっているのだ。俺が倒れたのは生まれ育ったショミの町だ。

エルフの村にいるわけがない。

「残念そうだね。何か悪いことでもたくらんでたんだ？」

この女はエスパーか。確かにエルフの村と聞いてムラムラきたが、なぜ残念がっているとわかったのだ。

「いえいえ、そういう訳ではないです。ただエルフには一度会ってみたかったものですから」

男エルフは胡散臭《うさんくさ》いやつを見たことがあるのでもういい。

俺は女エルフに会いたいのだ。そして「私専用」と愛棒に書いてもらいたいのだ。

「ふーん。あっ、ちょっと待っててね」

美声の主は一言そう言うと、どこかへ行ってしまう。

やだ、一人にしないで。いきなりエルフの村外れにいるとか言われて、一気に不安になったの。冗談だってわかっているけど、どこかに行くにしてもちゃんと冗談だよってネタばらししてから行って。

俺もイク時はちゃんとイクって言うからお願いします。

「にゅうう？」

わかっているよ偽おっぱい。お前もいるね。

一人ぼっちは寂しいもんな。これからはずっと一緒にいようね。

「にゅう！」

おうおう、元気いっぱいに暴れるなよ。感触がおっぱいなんだから勘違いして精通してしまうだろ。

元気と言えばアリーシャだが、アリーシャとルイスは無事だったのだろうか。父さんや母さんはどこにいるのだろう。いつまでもこんなところで世話になっているわけにもいかない。町の状況もどうなったか聞かなくては。

「にゅう!!」

なんだ、俺の元気がないのを心配しているのか？

本当に良いやつだなお前。

「にゅうにゅう」

「にゅにゅう？」

ありがとう、大丈夫だよ。

「にゅううぅ」

「にゅうう」

どうしたそんなに甘えて。お前の体が顔に当たると、おっぱいを押し当てられているような気がして、淫らな気持ちになってしまうから程々にしてくれー？

いい加減にしないとズボンの中に入れちゃうぞー？

「またやってるの？」

「にゅうう、あっはい……」

おっぱい型の魔物にじゃれつかれながら会話していると、美声の主が戻ってくる。なんか気まずい。

「君面白いねー」

「よく言われます」

言われたことないけどな。

「ニヒヒ、本当に面白いやー」

なにその可愛い笑い方。

「でも本当に話をしているみたいだったけど……まぁそれも今はいいや、はい、これ飲んで」

はいこれと言われましても、体が動かないのでどれのことかわからないのですがもしかしておっぱいを吸わせていただけるので？

そういうことなら全ての筋肉が引き裂かれようとも吸いますよ。

「飲みたいのは山々ですが、情けないことに体が言うことをききません」

ですので抱きかかえての授乳プレイを所望します。

「あーそうかー。その状態じゃ瓶も持てないよね」

哺乳瓶ですか？

欲を言えば直飲みがよかったのだが贅沢は言うまい。あなたの搾りたての生乳だと言うなら喜んでいただきますとも。

「これ薬草を煎じたお茶なんだけど、魔力回復を促進するやつなんだー。飲まないと本当に死んじゃうかもしれないよ」

なんだ……薬草かよ……。こんなにがっかりしたのは生まれてはじめてだぞ……。

「体が動かないって話だし、じゃあちょっと失礼して。口に入れてあげるからちゃんと飲み込むんだよ」

体がフッと軽くなる。上半身を抱きかかえられたようだ。

肩に当たるは美声の胸。全神経を肩に集中させ、その感触をいつでも思い出せるよう脳に刻み込む。

肉親以外の胸に初めて触れてしまったが、これはもう童貞卒業したことになるのではないか……まぁ、ならないよね。

「苦いからって吐き出したら怒るかんね」

こぽっ、という小さな音がしたと思った次の瞬間、美声の顔が目の前にあった。

「んっ」

「んーっ⁉」

唇に当たる柔らかい感触は、少し濡れており、そして温かかった。

口の中に苦い水が入ってくる。これは口移し……つまりキスだ。俺は今、童貞四百年にして人生初めてのキスを経験している。

お茶を押し込むためか、美声の舌が口内に侵入してくる。あがり症な俺の舌は奥に引っ込み、緊張して固くなっている。これでは舌が勃起しているようではないか。

俺は抵抗することもできず、口内へ侵入した女性の舌に蹂躙《じゅうりん》されることを受け入れ続けるしかなかった。

「ぷは」

美声の主が可愛く息を吐く。どうせならその息も俺にください。

「不味いかもしれないけど我慢だよ。良薬は口に苦いものなんだってさー」

滅相も御座いません。甘い思い出をいただきました。

むしろわたくし、おかわりを所望します。

「どうしたの、固まっちゃって。そんな苦かったんだ？　魔力もある程度ならすぐに回復するはずなんだけど」

固まっているのは体や舌だけではない。愛棒もだ。

だがなるほど、言われてみれば体が動かせるようになった気がするぞ。

現に愛棒からただならぬ力を感じるもの。今なら愛棒から水魔術が放てそうだぞ。

「ありがとうございます。人生で最も美味しい飲み物でした」

「嘘だー、あんなの美味しいわけないよー」

ケラケラと笑っているが、その笑い声すら美しいな。

どうしよう、キスをされただけでこの人のことを意識しまくってしまう。

「君ってホント面白いねー。それでどう、体は動くようになったんじゃない？」

言われてみればそうだ。抱かれずとも上半身を自分で支えられるようになっている。

「あ、ほんとだ。それに体も動きます」

早速ファーストキスを無理やりに奪っていった、唇泥棒のご尊顔を拝見しようではないか。

これでトロールみたいな顔なら、次に会う時は法廷だ。美人だったら感謝と求婚の言葉を与えよう。

そんな誓いを心に決めて美声の主の顔を見る。

「――っ」

顔は確認できた。できたが言葉が出ない。

「どうかしたんだ？」

「あっ、やっ！」

言葉を詰まらせてしまったのは彼女の美貌に見惚れていたからだった。美声の主は美人だったの

だ。

いや、美人などという言葉では説明しきれないほど美しかった。

これは美の集大成。ある種の芸術だ。

金より白に近いロングヘアは、俺の愛棒で糸巻きの様に巻き取りたくなるほど細く、絶妙な角度に釣り上がった目じりは、この女性の涼やかな雰囲気を醸《かも》し出すのに一役買っている。薄い緑色の瞳には俺が映っており、いつかその瞳の奥には愛棒でもってハートを浮かばせたいと心が滾る。

厚みの少ない唇は血色がよく、桃のような色合いだ。収穫時期のど真ん中。このピーチなリップを今すぐいただきたい。

「あ、あ、あ、えや、あのっ」

くっ、興奮しすぎて童貞が丸出しになってしまっている。

口調から察して、勝手にショートヘアでボーイッシュな美人さんだと想像していたのだが……これはいい意味で裏切られ、期待を場外ホームランで超えられてしまったな。

「んー？　あっ」

俺の無遠慮な視線に、美声の美女の表情が曇る。

自分で曇らせておいてあれだが、愛棒をワイパーにして晴らしてあげたい。

「私の耳って……やっぱり変だよねー？」

だが美女は見当違いなことを言う。

何をおっしゃいますか、その耳も含めての芸術的美しさなのですよ。

「いえ、大好物です」

興奮が収まらず素直に答えてしまった。

「そうなんだ？　でも人族って、自分と違う者を極端に嫌うんでしょ？　気味悪くないんだ？」

先ほどからぴこぴこと忙《せわ》しなく動いている特徴的な長耳。

自身の耳と比べずとも、一目で普通の人間のものより長いとわかる。

自分を人族ではないと言うような口振りと、人間離れした整った容姿。それにその尖った長耳から察するに……。


この方、本物のエルフだな。

「……これ、伝説級の悪しきドラゴンじゃないよね？」
修行中のユノは、無事家族やアリーシャの元に帰れるのか⁉
2018年夏発売予定!!

ノクスノベルス

精力が魔力に変換される世界に転生しました 1

2018年5月20日　第一版発行

【著者】
紳士

【イラスト】
東西

【発行者】
辻 政英

【編集】
鈴木 淳之介

【装丁デザイン】
夕凪デザイン

【フォーマットデザイン】
ウエダデザイン室

【印刷所】
図書印刷株式会社

【発行所】
株式会社フロンティアワークス
〒170-0013 東京都豊島区東池袋3-22-17
東池袋セントラルプレイス5F
営業 TEL 03-5957-1030　FAX 03-5957-1533

ノクスノベルス公式サイト
http://nox-novels.jp/

※本作は、「小説家になろう」（https://syosetu.com/）に掲載されていた作品を、大幅に加筆修正したものとなります。